Codex Aureus

Das Buch

Sieben ist eine magische Zahl. Nicht minder magisch sind die sieben, in diesem Band zusammengefassten Märchen. Unter anderem geht es um eine Fee in Gefangenschaft, einen Fischer in Nöten und den Sohn eines Schuhmachers, der sich aufmacht, einen Drachen zu besiegen. Jedes einzelne dieser sieben Märchen beweist so poetisch wie spannend, dass die Gattung noch längst nicht auserzählt ist.

Die Autorin

Kopfkinobetreiberin, Großstadtpflanze, Zeitreisende durch das Mittelalter – Nike Leonhard ist in vielen Welten zuhause und schreibt darüber. Dabei gehört ihre Leidenschaft den Kurzformaten und der Fantastik. Die Novellen, Märchen, Erzählungen und Kurzgeschichten der in Hamburg geborenen Autorin erscheinen vorwiegend in der Edition Codex Aureus, die sie selber herausgibt.
Nike Leonhard lebt mit Mann, zwei Kindern und Hund in Frankfurt am Main.

Der Codex Aureus

Kurztrips in die Fantastik. Während der Roman eine lange Reise ist, bietet der Codex Aureus mit jeder Ausgabe einen Kurzurlaub vom hektischen Alltagsgeschehen. Die hier erscheinenden Erzählungen, Legenden und Novellen sind optimal, um an einem Wochenende oder während einer längeren Bahn- oder Flugreise gelesen zu werden.
Mehr über den Codex Aureus und seine Herausgeberin unter www.nikeleonhard.wordpress.com

Nike Leonhard

Der Atem des Drachen

neue Märchen

Codex Aureus

Bibliografische Information der Deutschen Nationalbibliothek: Die Deutsche Nationalbibliothek verzeichnet diese Publikation in der Deutschen Nationalbibliografie; detaillierte bibliografische Daten sind im Internet überdnb.dnb.de abrufbar.

Herstellung und Verlag: BoD – Books on Demand, Norderstedt

ISBN: 9783748133315

Märchen lehren uns nicht,
dass es Drachen gibt.
Märchen lehren uns, dass
man Drachen besiegen
kann.
(frei nach Neil Gaiman)

Menschen, die die
Existenz von Drachen
verleugnen, werden oft
von Drachen gefressen.
Von innen.
(Ursula K. Le Guin)

Inhaltsverzeichnis

Ein paar Worte zu den Inhalten

Ein Kennzeichen von Märchen ist, dass am Ende immer die epische Gerechtigkeit siegt. Die Guten werden belohnt, das Böse bestraft. Dazwischen kann es ziemlich düster werden. Das bedeutet aber nicht, dass die Grundstimmung oder der Leseeindruck düster ist.

Um eine selbstbestimmte Entscheidung zu ermöglichen, welchen Leseeindrücke man sich aussetzen möchte, sind den einzelnen Märchen Content Notes vorangestellt, also Informationen über die Inhalte.
Gleichzeitig soll aber auch niemand gezwungen werden, sich schon vorher mit Inhalten auseinanderzusetzen, weil auch das belasten oder zu einer Verfälschung der Leseerwartung führen kann. Daher sind die Inhalte durch Symbole verschlüsselt. Sie haben mit dem Märchen selber nichts zu tun, können also nicht spoilern. Außerdem betreffen sie nicht nur negative, sondern auch neutrale oder positive Aspekte wie zum Beispiel gegenseitig Hilfe oder ein Happy End. Die einzelnen Symbole sind zu Bildern kombiniert und den jeweiligen Märchen als Schmuckseite vorangestellt.

Ich hoffe, auf diese Weise allen, die Content Notes für unsinnig halten, eine Möglichkeit gegeben zu haben, sie zu ignorieren. Alle anderen finden am Ende des Buches eine Liste der Inhaltsinformationen und der dazugehörenden Symbole.

Nike Leonhard

Der Segen der Fee

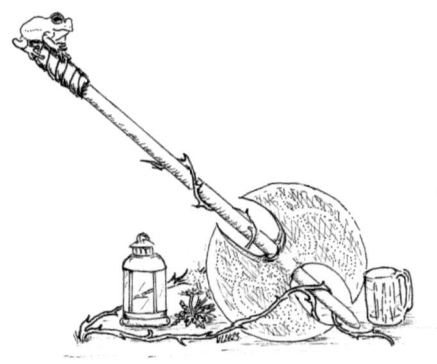

Es war einmal ein Mann, der hatte eine Fee gefangen. Er steckte sie in einen eisernen Vogelkäfig und drohte, sie erst freizulassen, wenn sie ihm drei Wünsche erfüllt habe.

»So ist das nicht gedacht«, protestierte die Fee. »Wir erfüllen Wünsche nur aus freiem Willen, nicht unter Zwang.«

Da lachte der Mann und sagte, sie werde sich schon noch wünschen, ihm zu Willen zu sein. Andernfalls werde er sie nämlich in diesem Käfig verschmachten lassen. Er wisse sehr wohl, dass Feen sehr lange ohne Nahrung und Wasser auskämen. »Aber genauso weiß ich, dass euereins kein Eisen verträgt. Es wäre also ein langer und qualvoller Tod und wer weiß, vielleicht helfe ich deiner Entscheidung auf die Sprünge, indem ich dich gelegentlich mit einer Eisennadel pike. Denk' drüber nach, ob du nicht doch lieber meine Wünsche erfüllen möchtest.«

Mit diesen Worten warf er ein Tuch über den Käfig und ließ die Fee im Dunkeln allein.

Sie rettete sich auf die hölzerne Vogelschaukel. Aber selbst dort spürte sie die Aura der eisernen Käfigstäbe wie einen kalten Lufthauch. Deshalb war sie beinahe erleichtert, als die Decke endlich wieder beiseite gezogen wurde.

»Hast du es dir überlegt?«, fragte der Mann.

Sein hässliches Gesicht kam so dicht an die Stäbe, dass die Fee ihm ins Auge hätte spucken können, wenn sie gewollt hätte. Aber sie bezweifelte nicht, dass die Drohung mit der Nadel ernst gemeint gewesen war. Daher nickte sie nur ergeben und begann zu erklären, dass sie aber wirklich nur drei Wünsche erfüllen könne. Danach sei ihre Kraft ganz und gar aufgebraucht; und aus dem Käfig heraus ginge es auch nicht, weil das Eisen ihre Magie störe.

Sie solle den Mund halten, fuhr der Mann sie an. Ein Nicken sei vollkommen ausreichend. Wenn sie weiterhin so viel plappere, werde er gleich mit dem Piken beginnen. Die Nadel habe er schon zurechtgelegt.

Die Fee, die keinen Moment daran zweifelte, dass er die Drohung wahrmachen würde, faltete die Hände, senkte den Kopf und nickte schweigend.

»Hörst du zu?«

Die Fee nickte.

»Dann vernimm meinen ersten Wunsch: Ich verlange, dass mir jede Frau zu Willen ist, die mir gefällt. Keine soll mir widerstehen können!«

Die Fee hob den Kopf und sah an ihm hinunter. Sah sein schütter werdendes Haar, die pochende Ader auf seiner Stirn, die verkniffenen Augen, den grausamen Zug um seinen Mund und die groben Hände. Nichts an dem, was sie sah, wirkte sympathisch, einnehmend oder auch nur annehmbar. Trotzdem nickte sie, wenn auch sehr langsam.

Aber ganz offensichtlich war ein Nicken doch zu wenig, ganz gleich, was er vorher gesagt hatte, denn der Mann griff in den Käfig und schüttelte sie. »Was ist jetzt?«

»Das lässt sich machen«, flüsterte die Fee.

»Dann fang an!«

Die Fee schlotterte vor Angst. Aber sie tat ihr Möglichstes. Sie schloss ihre Augen und sammelte sich. Allmählich beruhigte sich ihr Atem. Das Zittern ließ nach. Schimmernder Glanz entströmte ihren Händen. Zuerst war es kaum mehr als ein vages Funkeln, das zwischen ihren Handflächen waberte. Doch das Funkeln nahm zu. Der Glanz wurde stärker und formte sich zu einer Kugel. Als die Kugel etwa die Größe ihres Kopfes hatte, schlug die Fee die Augen wieder auf. »Bereit?«

»Mach schon!«

Da blies die Fee auf die glitzernde Kugel, so dass sich der Schimmer als feiner Staub in der Luft und über dem Mann verteilte. Für einen Moment schien der Mann selber zu leuchten. Dann erlosch der Glanz wieder, als sei nie etwas geschehen.

»Das war's?«

Die Fee nickte.

Der Mann grinste. »Dann wollen wir mal sehen, was dein Zauber taugt.« Mit diesen Worten stopfte er sie zurück in den Käfig, warf die Decke darüber und machte sich auf in die Stadt.

Aber es war wie verhext: Ausgerechnet heute begegneten ihm nur hässliche Frauen: grässlich klapperige Bohnenstangen, unförmig knollige Dicke, alte Hutzelweiblein und auf andere Weise Verwachsene. Er traf auf Frauen mit krummen Beinen, Hinkefüßen und Knubbelknien, mit Glubschaugen, Monobraue und schiefen Zähnen. Und die Nasen erst! Nie war ihm aufgefallen, wie viele verschiedene Arten hässlicher Nasen es gab. Es war wie verhext: Obwohl er kreuz und quer durch die Stadt lief, traf er keine Frau, die ihm gefiel.

Dabei schien er ihnen durchaus zu gefallen. Das jedenfalls schloss er aus den Blicken, die sie ihm zuwarfen und die ihn überall hin begleiteten. Aus den Gesten, die an Eindeutigkeit nichts zu wünschen übrig ließen. So offen und schamlos, dass er nicht einmal vorgeben konnte sie zu übersehen: all' diese verschmitzten Lächeln, die kokett geneigten Köpfe, das Zwinkern,, die hochgezogenen Brauen, die sich anzüglich spitzenden Münder und nicht zuletzt die flinken Zungenspitzen zwischen den halb geöffneten Lippen. Als eine besonders krummnasige hagere Alte Anstalten machte, ihn anzusprechen, reichte es ihm. Er floh.

Keuchend erreichte er sein Haus, knallte die Tür hinter sich zu und rupfte die Fee erneut aus dem Käfig.

Die Fee, die gerade ein bisschen geschlafen hatte, hörte sich seine mit vielen Flüchen gespickte Geschichte an und gestand, dass da wohl etwas schiefgegangen sei. »Vielleicht habe ich aus Angst ein bisschen übertrieben«, sagte sie. »Aber ich kann es rückgängig machen, wenn Ihr wünscht.«

»Den zweiten Wunsch dafür vergeuden?«, entgegnete der Mann zornig. »Kommt gar nicht in Frage! Ich habe andere Wünsche, die du mir erfüllen musst. Wenn du damit fertig bist, können mich die Weiber kreuzweise.«

Die Fee nickte und fragte nach dem zweiten Wunsch.

»Als Zweites wünsche ich mir eine Kiste, so lang

wie ich selber und halb so hoch und ebenso breit, die bis zum Rand mit Gold gefüllt ist.«

Die Fee zog die Brauen ein Stück hoch. »Münzen oder Barren?«

»Mir doch gleich«, knurrte der Mann. »Hauptsache, du versuchst nicht, mich bei der Menge zu betrügen. Sie muss wirklich voll sein. Denn wenn nicht ...« Er lachte hässlich. »Dann war es das mit deinen Flügeln!«

Die Fee fragte gar nicht erst, was er meinte, sondern nickte hastig und schloss die Augen. Wieder konzentrierte sie sich. Wieder floss glänzendes Licht aus ihren Handflächen und formte sich zu einem golden funkelnden Ball. Doch als sie dieses Mal darauf blies, wurde der Staub zu einem langen Band, das sich über den Boden und aus der Tür schlängelte.

»Was hast du getan?«, brüllte der Mann.

»Euren Wunsch erfüllt«, stotterte die Fee. »Seht nur im Keller nach. Ich konnte sie doch nicht hier oben herstellen. Der Boden hätte das Gewicht nicht getragen. Und außerdem: Was hätten die Nachbarn denken sollen?«

Die Nachbarn seien ihm egal, sagte der Mann, stopfte die Fee zurück in den Käfig und stapfte in den Keller.

Tatsächlich stand dort eine Kiste, die zuvor nicht da gewesen war. Genauso lang wie er, halb so hoch und ebenso breit. Die Fee hatte sogar die Umsicht besessen, sie direkt an der Wand erscheinen zu lassen. Dort, wo sie niemandem im Weg war.

Der Mann schlug den Deckel hoch und sah, dass der Inhalt ganz seinem Wunsch entsprach: Die Truhe war bis zum Rand mit Goldbarren gefüllt, jeder etwa so lang wie sein kleiner Finger. Sie lagen hübsch ordentlich geschichtet nebeneinander. Wie Ferkelchen am Gesäuge der Muttersau. Bei ihrem Anblick wurde dem Mann warm ums Herz, auch wenn ihm die Menge jetzt, als er davor stand, fast ein bisschen klein vorkam und er wünschte, er wäre sich selbst gegenüber großzügiger gewesen.

Trotzdem stand fest, dass die Fee seinen Wunsch dieses Mal erfüllt hatte.

Entsprechend gnädig gab er sich, als er sie wieder aus dem Käfig holte. »Ein Wunsch noch«, sagte er. »Dann bist du frei.«

Die Fee nickte und fragte demütig, welcher das sei.

»Gesundheit«, erwiderte der Mann. »Gesundheit bis an mein Lebensende.«

Wieder nickte die Fee. »Das ist machbar.« Sie

schloss die Augen. Licht strömte aus ihren Händen, formte sich zur Kugel und verwandelte sich in einen Schwarm goldener Bienen, als sie darauf blies. Summend umkreisten sie den Mann, bevor sie sich in Luft auflösten.

Die Fee schlug die Augen auf. »Fertig. Das war's«, hauchte sie. »Euer Wunsch ist erfüllt.«

»Woher weiß ich, dass das stimmt?«, verlangte der Mann zu wissen. »Wie soll ich sicher sein, dass du mich nicht betrogen hast? Bienen. Ha! Was haben Bienen mit Gesundh...«

»Ihr werdet mir glauben müssen«, flüsterte die Fee mit ersterbender Stimme. »Denn Eure Macht über mich endet hier. Meine Kraft ist aufgebraucht. Ich gehe.« Die letzten Worte waren nur noch ein Wispern. Als die Fee sie ausgesprochen hatte, zerfiel sie selber zu glitzerndem Staub, der von einem jäh aufkommenden Luftzug aus der Stube getrieben wurde.

Ungläubig starrte der Mann dem Staub hinterher. Er hatte große Lust, zu brüllen und alles kurz und klein zu schlagen. Aber es nützte ja nichts. Die Fee war entkommen, ob sie seinen Wunsch nun erfüllt hatte oder nicht. Also fluchte zwar lange, derb und laut über die verflixte Fee, weil das eben seine Art war. Aber am Ende tröstete ihn der Gedanke, dass ihm immerhin das Gold geblieben war. Alles andere würde sich schon noch finden. Schlimmstenfalls würde er eine neue Fee fangen. Er wusste schließlich, wie.

Drei Wochen genoss er den neu gewonnenen Reichtum. Er stellte einen Diener ein, kaufte neue Kleider und ein Pferd, das er nicht brauchte. Er füllte den Weinkeller mit edlen Tropfen, ließ sich die erlesensten Delikatessen bringen und schlemmte vom Aufstehen bis in die Nacht. Musiker mussten ihm den ganzen Tag lang aufspielen. Nur auf Tänzerinnen verzichtete er, denn aus unerfindlichen Gründen gab weit und breit keine, die auch nur halbwegs ansehnlich gewesen wäre.

In der vierten Woche fand dieses Leben ein jähes Ende. Noch bevor die Sonne ganz aufgegangen war, pochte es an die Vordertür.

Da sein Kopf von zu wenig Schlaf und zu viel Wein benebelt war, dauerte es eine Weile, bis der Mann begriff, dass das Klopfen ihm galt. Verärgert über die Störung hob er den Kopf gerade weit genug aus den Kissen, um dem Störenfried zuzubrüllen, er solle sich zum Teufel scheren.

»Im Namen der Königin!«, schrie es von der Straße zurück. »Wir werden die Tür aufbrechen, wenn du sie nicht sofort aufmachst, Kerl!« Ein wuchtiger Schlag unterstrich die Ernsthaftigkeit der Drohung.

Das brachte den Mann auf die Beine. Auf die Untätigkeit des Dieners fluchend, sprang er aus dem Bett und rannte, nur mit seiner Unterwäsche bekleidet, zur Haustür. Als er sie aufriss, sah er sich dem königlichen Henker und zwei Bütteln gegenüber, die sich ohne Umstände an ihm vorbei in den Hausflur drängten. Ehe der Mann wusste, wie ihm geschah, hatten sie bereits die Kellertür geöffnet. Einer polterte die Treppe hinab, derweil der andere sich in die Haustür stellte und den Ausgang blockierte. Ihr Verhalten ängstigte den Mann. Ganz kleinlaut fragte er den Henker, der inzwischen ebenfalls das Haus betreten hatte, was man von ihm wolle. Er habe sich doch nichts zuschulden kommen lassen.

Der Henker musterte ihn herablassend und schnarrte, er solle sich nicht dumm stellen. »Der Königin ist vor vier Wochen eine Truhe voll Gold aus der Schatzkammer gestohlen worden. Und wir haben einen Tipp bekommen, dass sich genau diese Truhe in deinem Keller befinden soll.«

In diesem Moment rief der Büttel aus dem Keller nach oben, die Kiste sei gefunden.

Dem Mann brach der kalte Schweiß aus, aber noch bevor er etwas zu seiner Verteidigung sagen konnte, hatte man ihn schon gefesselt, geknebelt und in einen wartenden Wagen geschoben.

Noch am gleichen Tag wurde er hingerichtet.

So erfüllte sich auch sein dritter Wunsch, denn er war bis zu seinem Tod wirklich sehr gesund.

Der Fischer und die Nixe

An der Küste lebte einst ein Fischer, der war jung und fleißig, aber so arm, dass er sich kein Boot leisten konnte. So blieb ihm nur, längs des Strandes zu fischen.

Von morgens früh bis zum Sonnenuntergang stand er bis zu den Knien im Wasser und warf sein Netz aus. Dabei war der Fang oft so gering, dass nur er selbst davon satt wurde und nichts auf den Markt tragen konnte, um es dort zu verkaufen. Trotzdem konnte er sich kein besseres Leben vorstellen. Er liebte das wogende Meer, dessen Rauschen, Glucksen und Raunen ihn bis in die Träume begleitete. Genauso liebte er den weiten Himmel darüber. Sogar die harte Arbeit gefiel ihm. Während er darauf wartete, sein Netz einzuholen, sah er den Wolken nach, die über ihm dahinzogen, lauschte den Schreien der Möwen und fühlte sich gesegnet. Er war frei, niemandes Knecht, umgeben von Schönheit.

So lebte er mehrere Jahre mit sich und der Welt im Reinen, bis eines Tages plötzlich alle Fische aus der Bucht verschwanden. Als sein Netz den ersten Tag leer blieb, zuckte er noch mit den Schultern. Solche Tage gab es. Darauf war er vorbereitet.

Aber auch am nächsten Tag fing er nichts als Tang

und leere Muschelschalen. Da gruben sich erste Sorgenfalten in seine Stirn, und als er am dritten immer noch nichts gefangen hatte, verdüsterte sich sein Blick. Seine Vorräte waren praktisch aufgebraucht. So etwas war ihm noch nie widerfahren. Er fragte die anderen Fischer und erfuhr, dass auch sie seit vier Tagen kein Glück gehabt hatten.

»Das kann passieren«, sagte einer der ganz Alten. »Manchmal, wenn es draußen auf dem Meer einen schweren Sturm gegeben hat oder die Meergeister gegen uns sind, bleiben die Fische für drei oder auch vier Tage aus. Bestimmt wird es morgen wieder besser!«

Doch es wurde nicht besser. Auch am fünften und sechsten Tag fing der junge Fischer allen Anstrengungen zum Trotz nicht einmal eine Sprotte. In seiner Not begann er, Tang zu kauen. Der füllte den Magen und betäubte den Hunger wenigstens ein bisschen. Aber er gab keine Kraft für die schwere Arbeit.

Im gleichen Maß, wie seine Kräfte schwanden, wuchs die Verzweiflung des jungen Fischers. Er brauchte richtige Nahrung. Doch das Einzige von Wert, das er besaß, das Einzige, das er gegen etwas zu essen verpfänden konnte, war sein Netz. Seine

Lebensgrundlage. Ohne sein Netz würde er nie wieder einen Fisch fangen. Dann wäre es aus mit dem freien Leben. Als die Sonne am Abend des siebten Tages den Horizont berührte, schien dieses Schicksal besiegelt. Obwohl er vor Hunger und Erschöpfung taumelte, hatte der junge Mann wieder keinen einzigen Fisch gefangen. Wenn er auch an diesem Abend nichts Nahrhaftes zu Essen bekam, würde ihm am nächsten Morgen die Kraft fehlen, das schwere Netz noch einmal auszuwerfen.

»Einmal noch«, schwor er sich. Einmal noch wollte er es versuchen, bevor er sich in das Unvermeidliche schickte. Er blickte auf das Meer, das im Licht der untergehenden Sonne wie Blut und flüssiges Gold schimmerte, sandte ein stummes Gebet in den Himmel und warf mit letzter Kraft das Netz.

Schon beim Loslassen erkannte er, dass der Wurf nichts taugte. Seine Arme waren zu schwach und er selbst zu müde, um dem Netz den richtigen Schwung zu geben. Nur halb entfaltet und nur ein kleines Stück von seinen Füßen entfernt klatschte es auf die Wellen. Tränen der Verzweiflung brannten in seinen Augen, als er es wieder einholte. Es war zu spät. Einen weiteren Versuch würde es nicht geben. Schon jetzt war die schnell sinkende Sonne nur noch ein Streif über dem Wasser. Bis er das Netz eingeholt hatte, würde sie ganz versunken sein. Er konnte von Glück sagen, wenn er seine Hütte vor Einbruch der Dunkelheit erreichte, denn mit ihr kamen die Geschöpfe der Nacht. Wehe dem, der dann im Freien war!

Das Netz erwies sich als unerwartet schwer. Der junge Fischer schob es auf die eigene Schwäche, denn zwischen den Maschen lag nur einen Klumpen Tang, der nie und nimmer so schwer sein konnte. Dann bemerkte er die ungewöhnliche Form und im nächsten Moment sah er etwas aufblitzen. Es war nicht der silbrigen Glanz von Fischschuppen, sondern ein goldenes Funkeln. Zuerst glaubte der junge Mann, das schwindende Licht und die tief stehende Sonne würden ihn narren. Doch das Glitzern blieb.

Mit neuer Hoffnung zog der Fischer das Netz an den Strand. Mit zitternden Fingern löste er den unerwarteten Fang aus den Maschen und befreite ihn vom Tang. Als er fertig war, hielt er eine Art Kamm in den Händen. Es schon war zu dunkel, um noch Einzelheiten zu erkennen, nur, dass dieser Kamm groß, langzinkig, schlecht zu fassen und ziemlich schwer war. Für den Fischer schien kein sinnvoller Nutzen damit verbunden; er ärgerte sich, so viel Zeit und Kraft auf einen so nutzlosen Gegenstand verschwendet zu haben. Beinahe hätte er ihn zurück ins Meer geworfen.

Dann besann er sich, dass der Kamm doch einen Nutzen haben würde, wenn es ihm gelang, ihn auf dem Markt gegen ein paar Kupferstücke oder Lebensmittel einzutauschen. Dann hätte er zu essen und konnte sein Netz behalten.

Also ließ er den Kamm in die Tasche fallen, in der er in besseren Zeiten seine Fische heim trug und machte sich auf den Weg zu seiner Hütte. Es war bereits ganz und gar dunkel, als er dort eintraf. Das Feuer im Herd war längst erloschen und ihm fehlte das Holz, um neues zu machen. Aber in der Lampe war noch ein Rest Tran. Der Fischer zündete sie an, zog den Kamm aus der Tasche und legte seinen seltsamen Fang auf den Tisch, um ihn genauer zu betrachten und zu entscheiden, was damit geschehen sollte.

Der Fischer staunte nicht schlecht, als das blakende Licht funkelnd zurückgeworfen wurde. Der Kamm, der da auf dem rauhen Holz seines Tisches lag, war bei Weitem das Schönste und Kostbarste, das er je gesehen hatte. Er war aus purem Gold, wundervoll graviert und über und über mit Perlen und Edelsteinen besetzt. Voller Ehrfurcht hob der Fischer ihn hoch und drehte ihn zwischen den schwieligen Fingern, um ihn von allen Seiten zu betrachten. Aber was tat man damit? Die Zinken waren viel zu lang, um sich damit zu kämmen. Allenfalls ins Haar könnte man ihn stecken. Der Fischer hatte gelegentlich Frauen und auch Männer gesehen, die sich ihr Haar mit Kämmen hochgesteckt hatten – aber diese Kämme waren aus Holz gewesen. Selbst die Frau des Stadtverwalters trug lediglich ein paar silberne Nadeln in ihrem Dutt. Für einen armen Fischer war so ein Kamm erst recht ein Luxusgegenstand ohne Gebrauchswert.

Aber er konnte ihn verkaufen und bis es so weit war, konnte er sich an der Schönheit dieses Schatzes erfreuen. Genau das tat er auch. Wieder und wieder fuhr er mit seinem schwieligen Finger die feinen Gravuren im Gold nach. Wieder und wieder drehte er den Kamm und freute sich am Aufblitzen der Edelsteine, das ihn an das Glitzern der Sonne auf den Wellen erinnerte. Erst als der Docht der Lampe jäh aufglühte, weil der Tran bis auf einen winzigen Rest verbraucht war, wickelte der Fischer den Kamm schweren Herzens in ein altes Tuch, löschte das Licht und legte sich schlafen. Es stimmte ihn traurig, sich von etwas so Schönem trennen zu müssen.

Gleichzeitig tröstete ihn der Gedanke, wie reich er nach dem Verkauf sein würde. Gleich morgen würde er sich auf den Weg in die Stadt machen, und dann ...

In allen Einzelheiten malte er sich aus, was er sich von dem Geld kaufen wollte. Nicht nur Lebensmittel, das war sicher. Auch neue Kittel und neue Hosen. Seine alten Kleider waren so verschlissen, dass sie kaum mehr als Putzlappen taugten. Und dann wollte er das Dach seiner Hütte reparieren. Das war ebenfalls dringend nötig. Ob das restliche Geld wohl reichte, um ein paar neue Möbel anschaffen? Oder vielleicht – ein Boot? Auch wenn es nur ein kleines, gebrauchtes war. Allein der Gedanke, ein eigenes Boot zu besitzen, ließ sein Herz höher schlagen.

Das Glücksgefühl endete jäh, als ihm aufging, dass er den Kamm nicht verkaufen konnte. Nicht auf dem Markt und auch sonst nirgends! Jeder, der ihn mit diesem Schatz sah, würde nach Erklärungen fragen und niemand würde glauben, dass er etwas so kostbares aus dem Meer gefischt hatte. Nicht an dieser Stelle, so dicht am Strand. Nach einem Sturm vielleicht. Nach Stürmen fand sich allerlei im flachen Wasser. Aber nichts blieb dort lange unbemerkt. Und es hatte keinen Sturm gegeben – ganz im Gegenteil! Daher hätte der Kamm längst gefunden sein müssen. Also würde man denken, dass er gestohlen sei und die Geschichte nichts als eine Lüge, um die Tat zu vertuschen. Man würde ihn vor den Kadi zerren und als Dieb anklagen. Er konnte von Glück sagen, wenn der Richter Erbarmen hatte, weil er arm war und am verhungern. Aber der Richter würde auch sagen, dass da ja noch das Netz gewesen sei, das er habe verkaufen können, und dass es deshalb keinen Grund zum Stehlen gegeben hätte. Seine Verurteilung stand also fest. Im besten Fall würde der Kadi ihm danach noch zugute halten, dass er sich nie etwas hatte zuschulden kommen lassen. Vielleicht würde das Gericht deshalb Gnade vor Recht ergehen lassen und darauf verzichten, ihm die Hand abhacken zu lassen. Aber selbst, wenn er nur ausgepeitscht und danach ins Gefängnis geworfen oder zu Galeerendienst verurteilt wurde – das Leben, wie er es kannte und liebte, wäre zu Ende.

Bei diesen Überlegungen schossen ihm die Tränen in die Augen und er verfluchte die Götter, die so grausame Scherze mit ihm trieben. Jetzt war er reich, konnte mit diesem Reichtum aber nichts anfangen. Nicht einmal darüber reden durfte er.

Lange saß der Fischer wach in seinem Bett, unfähig sich zu rühren, unfähig eine Entscheidung zu treffen. Dann, Mitternacht war längst vorbei, hörte er über dem auf- und abschwellenden Rauschen der Wellen ein neues Geräusch: ein langgezogenes Heulen.

Beim ersten Mal glaubte er noch, sich getäuscht zu haben. Aber der Klagelaut wiederholte sich, wurde lauter und lauter, und die Verzweiflung die darin lag, war sogar noch größer als jene, die er selber fühlte. Das Weinen schnitt ihm so sehr ins Herz, dass sein Mitleid schließlich die Oberhand über die Furcht gewann.

Er stand auf und nahm seine Lampe, um dem Geräusch nachzugehen. Ganz gleich, was dort draußen in der Dunkelheit lauern mochte: Jemand war in Not. Das allein zählte. Und was machte es schon, wenn er am Ende auf eines jener Wesen stieß, vor denen die Alten warnten? Er hatte nichts zu verlieren. Sollten sie ihn doch fressen! An der Tür machte er noch einmal kehrt, steckte den Kamm in die Fischtasche und hängte sie sich um. Es war unwahrscheinlich, dass jemand nachts in seine Hütte kam, trotz der Dunkelheit das Bündel auf dem Tisch bemerkte und das Tuch aufwickelte, um zu sehen, was sich darin befand. Dennoch schien es ihm besser, kein Risiko einzugehen.

Eine Weile stolperte er im immer schwächer werdenden Schein der Lampe durch die Dunkelheit, bis er die Quelle der Klagenlaute fand. Ein junges Mädchen, so schien es, lag ganz unten am Fuß der Klippen am Eingang der Bucht. Der Fischer zögerte. Nun, da die Gefahr real war, fürchtete er sich doch. Am Ende war sie wirklich eine der Kreaturen, die arglose Wanderer anlockten, um sie zu fressen! Noch schien sie ihn nicht bemerkt zu haben. Er konnte also umkehren und so ihrer Falle entrinnen. Andererseits - wenn sie ein Mensch war und die Nacht wirklich so gefährlich, wie konnte er sie dann ihrem Schicksal überlassen, allein im Dunkeln am Ufer des Meeres?

Ein neuer, langgezogener Klagelaut drang an sein Ohr. Es lag so viel Schmerz und Kummer darin, dass der Fischer sich ein Herz fasste und das Mädchen anrief. Sein Ruf verhallte ungehört, denn ihr Weinen, der Wind und die Wellen waren lauter. Also trat der junge Mann näher und sah, dass er sich getäuscht hatte: Das Mädchen am Fuße der Klippen war kein menschliches Wesen, sondern eines jener Meerweiber, von denen es hieß, sie zögen jene, die sich zu weit aufs Meer hinauswagten, zu sich hinab in die finsteren Tiefen. Weiterhin erzählte man von ihnen, sie seien hässlich: grünhaarig, fett und fahlhäutig, mit glotzenden Augen und mit Mäulern, die von spitzen Zähnen starrten.

Von dieser Beschreibung stimmten allein die grünen Haare. Sie waren so lang, dass sie den größten Teil des schlanken, milchweiß schimmernden Leibes bedeckten, der beim Weinen zuckte.

Der Fischer wunderte sich, dass ein Meerweib solchen Kummer haben konnte. So grausam, wie sie immer beschrieben wurden, hatte er ihnen derartige Empfindungen nie zugetraut. Doch ihr Schmerz schien aufrichtig und er empfand großes Mitleid. Gleichzeitig graute ihm vor dem, was die Meerfrau mit ihm anstellen würde, wenn sie seiner ansichtig wurde. Daher dauerte es einige Zeit, bis er sich überwand und sie ansprach. Die Meerfrau fuhr empor und starrte ihn aus großen erschrockenen Augen an. Wie schon ihr Körper, so hatte auch ihr Gesicht nichts mit den Schauergestalten zu tun, von denen die Alten erzählten. Es war wunderschön, selbst in diesem Augenblick, wo es nichts als den Ausdruck von blankem Entsetzen zeigte.

»Hab keine Angst«, sagte der Fischer, der mit einem Mal nur noch fürchtete, sie werde sich in ihr nasses Element stürzen, um auf Nimmerwiedersehen zu verschwinden. Um zu zeigen, dass er keine bösen Absichten hatte, ließ er sich auf einem der

Felsen nieder und redete mit sanfter Stimme weiter. Er nannte seinen Namen, sagte, dass er Fischer sei, und dass ihr Weinen ihn hergeführt habe. »Auch ich habe mich gefürchtet«, gestand er. »Aber ich dachte, es sei ein Mensch in Not – und da muss man doch helfen.«

Seine Worte waren so schlicht, dass die Meerfrau trotz ihres Kummers unwillkürlich lächelte. »Aber ich bin kein Mensch«, gab sie zu bedenken. Ihre Stimme klang wie Musik in den Ohren des jungen Mannes.

»Aber ich bin hier und du bist in Not«, antwortete er. »Wenn es also irgendwie in meiner Macht steht, werde ich dir helfen.«

»Das wäre zu schön!« Sie seufzte tief. »Aber ich habe etwas verloren, ein unermesslich wertvolles Erbstück ...« Für einen Moment gewann ihr Kummer Überhand und sie geriet ins Stocken. Der Fischer wartete geduldig, bis sie sie sich so weit gefangen hatte, dass sie weitersprechen konnte. Da erzählte sie, dass sie die jüngste Tochter des Meerkönigs sei und ihre Familie das erste Mal auf einem Jagdausflug begleitet habe. Es sei alles neu und aufregend gewesen. Vor allem das Licht. Der Wechsel zwischen Tag und Nacht. Wolken. Sterne. Vögel. Sie sei aus dem Staunen nicht mehr herausgekommen.

Für einen Moment wirkte sie glücklich, aber dann kam die Traurigkeit zurück. »Meine Schwestern haben mich deshalb geneckt«, sagte sie leise. »Schließlich konnte ich ihren Spott nicht mehr ertragen und bin davongeschwommen. Erst war es ein bisschen unheimlich, so allein. Aber gleichzeitig fühlte ich mich auch frei, stark und mutig – bis ich gemerkt habe, dass mein Kamm fehlt. Er ist, wie gesagt, ein unermesslich wertvolles Erbstück meiner Familie. Ohne ihn traue ich mich nicht, zum Palast zurückzukehren und meinem Vater unter die Augen zu treten.«

Da zog der Fischer den Kamm hervor, den er am Abend in seinem Netz gefunden hatte. »Ist es dieser hier?«

Natürlich war er es. Die Meerprinzessin schrie vor Überraschung und Freude auf und der junge Mann musste ihr in allen Einzelheiten erzählen, wo und unter welchen Umständen er ihn gefunden hatte. »Nimm die Tasche auch mit«, sagte er als er damit fertig war. »Nicht, dass du ihn gleich wieder verlierst.«

Die Meerprinzessin nickte, steckte den Kamm in die Tasche und hängte sich diese um. Sodann, streckte sie in einer Geste der Dankbarkeit die Hand nach dem Fischer aus. »Gib die Hoffnung nicht auf. Es wird alles gut werden. Wirf nur dein Netz bei Tagesanbruch an der gewohnten Stelle aus.« Nachdem sie das gesagt hatte, sprang sie ins Wasser und mit einem letzten Winken war sie verschwunden.

Der junge Fischer befolgte ihren Rat und wirklich: Obwohl er kaum noch die Kraft hatte, sein Netz richtig auszuwerfen, war es beim Einholen voller Fische. Sie waren nicht nur größer und fetter als die, die er sonst fing, sondern es waren auch viele darunter, die sonst nur ganz selten ins Netz gingen.

Endlich konnte er sich wieder satt essen. Einen kleinen Teil des Fangs trocknete er, um seine Vorräte aufzufüllen. Aber die schönsten, größten und seltensten Fische trug er zum Markt und verkaufte sie zu einem guten Preis.

Von diesem Tag an musste er sein Netz nur noch einmal täglich auswerfen. Wenn er es dann herauszog, war es immer so voller Fische, dass er gut davon leben konnte. Er hätte reich werden können. Aber ihm reichte es, dass er sich Essen und Kleidung kaufen und die Hütte instand halten konnte.

Trotzdem blieb sein Wohlstand nicht unbemerkt. Er hörte immer wieder, wie die anderen Fischer hinter seinem Rücken darüber tuschelten.

Sie hielten ihn nicht für unredlich. Aber an reines Glück wollten sie auch nicht glauben. Dafür hatte er zuviel davon. Es war zu plötzlich gekommen und es blieb zu hartnäckig. Also stellten sie Mutmaßungen an, aus welcher Quelle es stammen mochte. Ein Pakt mit dem Teufel? Das schien ihnen zu der seltsamen Angewohnheit zu passen, nachts am Strand spazieren zu gehen und im Meer zu schwimmen. Niemand schwamm im Meer. Es war zu gefährlich. Das war allgemein bekannt – außerdem konnten auch nur die Wenigsten schwimmen.

Die tatsächliche Ursache seines Wohlstands und seiner Marotten errieten sie nie. Und als er von einem dieser nächtlichen Ausflüge nicht zurückkehrte, sahen sie auch darin nur Bestätigung dafür, dass die alten Geschichten stimmten. Dass es nachts nicht sicher war. Dass in der Dunkelheit Wesen umgingen und auf Menschenfleisch lauerten. Sie hatten ihn geholt. Sie oder der Teufel.

Der Fischer und die Meerprinzessin hätten eine andere Geschichte erzählen können. Aber sie sahen keinen Grund, je zurückzukehren.

Die Flut

Es war einmal vor langer Zeit, da lebte in einem Schloss hoch über dem Meer ein König. Oft stand er auf den Zinnen des Nordturms, sah hinaus auf die rollende See und zählte die Segel der über das Meer ziehenden Schiffe. Es waren so viele, dass das Zählen ihn den ganzen Tag beschäftigte. Am auffallendsten waren natürlich die großen Handelsschiffe, die den Hafen der Hauptstadt ansteuerten oder von dort ausliefen. Sein Reich verfügte über eine große Handelsflotte und der Reichtum des Landes zog Seefahrer aller Länder an. Der König konnte sich kaum sattsehen an den verschiedenen Schiffstypen und den bunten Fahnen, die an ihren Masten wehten. Es war ihm eine Lust, darüber zu rätseln, woher sie kamen, wohin sie fuhren und welche Last sie geladen hatten. Außer ihnen gab es noch die kleinen Fischerboote, die sich direkt vor der Küste tummelten, und dann natürlich Fähren, Prahme, Lastkähne und andere Arbeitsboote. Kurzum: Der König hatte so viel zu sehen und zu zählen, dass er abends angenehm ermüdet zu Bett ging.

Mit dem gleichen Vergnügen bestieg er an anderen Tagen den Südturm, der einen weiten Blick über das fruchtbare Land seines Reichs bot. Wälder,

Wiesen und Felder wechselten sich in der hügeligen Landschaft ab. Auf den Weiden grasten Pferde und buntscheckige Kühe. Über die Landstraßen krochen Ochsenkarren und Pferdefuhrwerke. Gelegentlich überholte eine Kutsche oder ein eiliger Reiter preschte im Galopp vorbei. Zuweilen geriet eine Schafherde in den Blick, und je nach Jahreszeit konnte man die Bauern bei ihrer Arbeit beobachten. Der König erfreute sich an ihrem Fleiß wie ein Imker sich am Fleiß seiner Bienen erfreut.

Genuss bereitete ihm auch der Wechsel der Jahreszeiten. Im Frühling erquickten das helle Grün, das Weiß der Obstblüten und das Schwarz der frisch gepflügten Böden seine Augen. Im Sommer hoben das dunkle Grün der Weiden und Wälder und das satte Gold der Felder sein Herz. Das fahle Braun und die Flammentöne des Herbstes schenkten ihm Ruhe. Nur im Winter, wenn der Frost Land und Meer in Weiß-, Grau und Silbertöne kleidete, verzichtete der König ganz darauf, auf einen der Türme zu steigen, sondern blieb im Palast und genoss die wohlige Wärme des Feuers.

So vergingen Wochen, Monate und Jahre. Das Land gedieh, das Volk war zufrieden und alles war gut.

Doch eines Tages trat die Oberste Seherin vor den König und warnte vor einer Flut nie gekannten Ausmaßes. »Euer Reich ist in Gefahr!«, sagte sie mit ernster Mine. »Die Berechnungen haben ergeben, dass nur wenig Zeit zum Handeln bleibt. Doch wenn wir sie klug nutzen, wird sich der Schaden in Grenzen halten. Daher rate ich Euch: Erhöht unverzüglich die Deiche und schließt die Hafentore bevor es zu spät ist!«

Bevor der König antworten konnte, ergriff Prinz Bierfried, sein ältester Sohn, das Wort. »Es liegt mir fern, an Eurer Weisheit zu zweifeln, Hochehrwürdige«, sagte er. »Aber mich dünkt, dass Ihr die Folgen für unsere Wirtschaft nicht bedacht habt. Jetzt die Hafentore zu schließen hieße, dass kein Schiff mehr in unserem Hafen anlegen und seine Ladung löschen könnte. Sie würden andere Häfen ansteuern und andere Länder würden den Profit einstreichen. Mehr noch: Die Schiffe, die gerade im Hafen liegen, wären gefangen und mit ihnen alle fremden Kaufleute! Wisst Ihr, was das bedeutet? Sie würden uns für ihre Verluste verantwortlich machen und verlangen, dass wir ihnen den entgangenen Gewinn aus der Staatskasse ersetzen! Statt Steuern einzunehmen, müssten wir Geld ausgeben!« Er schnaufte, denn er hatte sich so sehr in Hitze geredet, dass er zu glühen begann wie ein Ofenrohr. Während er ein Tuch aus seiner Tasche zog, um sich die Stirn abzutupfen, setzte er noch hinzu: »Daher lasst uns nichts überstürzen, sondern abwarten. Wenn es wirklich so kommt, wie Ihr sagt, sind die Hafentore schnell geschlossen.«

Dem König leuchteten die Ausführungen seines Ältesten ein, daher nickte er bedächtig. Die Oberste Seherin jedoch schüttelte heftig den Kopf und wollte zu einer Gegenrede ansetzen. Doch bevor sie den Mund öffnen konnte, ließ sich Prinzessin Sulamunda vernehmen. »Ganz abgesehen davon was eine solche Maßnahme das Reich kostet, muss man konstatieren, dass sich Deiche nicht ohne Weiteres erhöhen lassen«, erklärte sie mit der ganzen Autorität ihrer hohen Geburt. »Man braucht Material und man braucht Arbeitskräfte. Woher sollen wir beides bekommen, wo doch gerade jede Hand auf den Feldern gebraucht wird, um zu pflügen, zu eggen und um die Saat auszubringen?«

»Noch mehr Kosten, noch höhere Verluste!«, stöhnte Prinz Bierfried.

»Ihr habt recht. Beide. Diese Maßnahmen werden zu Einbußen führen. Sicherheit ist nicht umsonst zu haben«, erwiderte die Seherin ernst. »Aber seht es als Pfand für die Zukunft des Reichs! Denn eins sage ich Euch, Majestät: Es wird keine Ernte geben, wenn Ihr nicht handelt. Das Meer wird sich das Land holen, bis allein der Felsen übrig ist, auf dem dieses Schloss erbaut wurde.«

»Nun übertreibt Ihr!«, protestierte der jüngste Sohn des Königs, Prinz Götzbert. Anders als seine beiden älteren Geschwister interessierte er sich kaum für Geld, Gewinn oder Status, sondern richtete sein ganzes Streben auf das geistliche Wohl, was ihm den Beinamen „der Fromme" eingebracht hatte. »Welchen Grund sollten der Herr des Meeres und die Herrin des Windes haben, uns derart zu schaden? Wir haben nie ihren Zorn erweckt; ganz im Gegenteil: Wenn jemand ihre Namen in Ehren hält, dann wir! Wir haben ihnen Tempel gebaut, in denen zu allen Zeiten ihr Lob erklingt. Wir verrichten alle vorgeschriebenen Opfer und sogar einige darüber hinaus. Ohne Zweifel sind sie uns wohlgesonnen, denn wären sie es nicht, würde das Reich nicht so florieren! Jedoch könnten unbegründete Anschuldigungen und Anwürfe dazu führen, dass sie uns ihre Gunst entziehen, und dann ...«, er warf einen schnellen Blick auf die Oberste Seherin und setzte hinzu: »Ich will nicht sagen, dass Ihr das beabsichtigt. Aber was, wenn gerade wegen Eurer Prophezeiung genau das eintritt, wovor Ihr gewarnt habt?«

Die Oberste Seherin schnappte nach Luft. »Wollt Ihr etwa andeuten, meinem Handeln lägen persönliche Motive zugrunde?«

»Aber nein! Das sagte ich doch gerade!«, rief Prinz Götzbert. »Auch, wenn eine zutreffende Prophezeiung Euren Ruhm unzweifelhaft mehren würde.«

Darauf wusste die Seherin nichts zu erwidern. Was Prinz Götzberg sagte, war unbestreitbar richtig. Natürlich gewann sie an Ansehen, wenn sie Ereignisse richtig vorhersah – trotzdem klang das Ergebnis furchtbar falsch.

Der König zog seine eigenen Schlüsse aus ihrem Zögern. Er hatte keine Bedenken hinsichtlich der Redlichkeit der Obersten Seherin. Wenn sie vor einer Gefahr warnte, dann, weil sie wirklich an diese Gefahr glaubte. Aber die ausbleibende Erwiderung ließ vermuten, dass sie sich Ihrer Sache nicht so sicher war, wie es zuerst den Anschein gehabt hatte. Auch schienen ihm die Einwände seiner Kinder durchaus berechtigt. Was, wenn die Oberste Seherin irrte? Dann wäre die Flotte ohne Not festgesetzt, die Ernte vergebens riskiert und die königliche Schatzkammer sinnlos geplündert. Wenn er aber nichts unternahm und die Katastrophe doch eintreten sollte, würde man ihn verantwortlich machen. Auf wen also sollte er hören? Wie sollte er entscheiden?

Während er noch darüber nachsann, erklang von der Tür her die liebliche Stimme von Prinzessin Holdria, seiner jüngsten Tochter. »Was ziehst du für ein ernstes Gesicht, lieber Vater?«, rief sie. »Dazu noch an einem so schönen Tag wie heute. Stell' dir vor: Als ich eben in den Hof treten wollte, geriet ich ins Stolpern und noch während ich mich zu fangen versuchte, klatschte neben mir ein Vogelsch...« Sie schlug sich mit der Hand auf den Mund, als wolle sie das unfeine Wort zurückdrängen, fuhr dann aber lachend fort: »Sagt man nicht, es bringe Glück, getroffen zu werden? Aber wie viel Glück hatte ich erst, dass der Batzen mich verfehlt hat! Andernfalls wäre mein schönes Kleid vollständig verdorben gewesen und damit auch der ganze Tag!« Sie drehte um die eigene Achse, dass der Rocksaum aufwirbelte und machte ein paar Tanzschritte. Dann lief sie zum Thron, ergriff die altersfleckige Hand des Königs und küsste sie. »Nun aber ist mein Tag gerettet. Ich bin glücklich und du sollst es auch sein. Egal, was die alte Krähe dort sagt! Mit deiner Erlaubnis werde ich sie hinausbefördern.« Und ehe der alte König etwas sagen konnte, hatte sich die Prinzessin schon der Obersten Seherin zugewandt. »Schusch!«, machte sie und wedelte mit den Armen. »Mach, dass du wegkommst!«

Nun liebte der König von all seinen Kindern ausgerechnet seine jüngste Tochter am meisten, auch wenn er diese Zuneigung nicht einmal sich selber eingestand. Sie mochte im Kopf nicht die Hellste sein, aber ihr sonniges Gemüt, brachte ihn so oft zum Lachen, dass er ihr ihre Unarten oft und gern verzieh. Dieses Mal allerdings ging ihr Verhalten zu weit, deshalb tadelte er sie scharf und befahl ihr, sich bei der Obersten Seherin zu entschuldigen.

Nachdem das geschehen war, ergriff er selber das Wort und bedankte sich für die frühzeitige Warnung. »Ihr sollt wissen, Hochehrwürdige, dass ich Eure Worte sehr ernst nehme. Wenn eintrifft, was Ihr sagt, stehen wahrlich schlimme Zeiten bevor! Jedoch kann kein König es sich leisten, nur auf eine Meinung zu hören«, fuhr er fort. »Ihr selber habt gehört, was meine Kinder vorzubringen hatten. Und wenn ich Eure Warnung gegen ihre Einwände abwäge, ist festzustellen, dass es nur eine Stimme für das Schließen der Tore und das Erhöhen der Deiche gibt, hingegen aber vier dagegen.«

»Der kommenden Flut sind Mehrheiten egal«, entgegnete die Seherin. »Wenn Euch euer Volk und Euer Land am Herzen liegt, müsst ihr jetzt handeln!«

Doch der König hatte seine Entscheidung getroffen und nichts vermochte, ihn noch umzustimmen. »Ihr habt Eure Pflicht getan und mir Eure Befürchtungen vorgetragen«, entgegnete er mit einem harten Ton in der eben noch sanften Stimme. »Aber die Entscheidung, welche Folgerungen daraus zu ziehen sind, obliegt alleine mir. Und meine Entscheidung steht fest. Ihr könnt gehen.«

Sieben Wochen später, als schon niemand mehr an die Prophezeiung dachte, drehte der Wind und die einsetzende Flut drückte das Meer gegen die Küste. Welle um Welle rollte gegen die Deiche und brandete gegen die hastig geschlossenen Hafentore. Am dritten Tag stand das Wasser so hoch, dass es über die Deichkronen schwappte. Unter Mensch und Vieh gab es zum Glück wenig Verluste zu beklagen, aber die Ernte der überschwemmten Gebiete war verloren, und als sich das Wasser nach einer Woche endlich zurückzog, nahm es ein Viertel der Küste mit sich.

Nun war die Bestürzung groß. Diese Folgen habe niemand ahnen können, stöhnte der König und seine Kinder im Chor. Was für eine Tragödie für die betroffene Bevölkerung! Voller Reue versprachen sie, alles zu tun, um die Not zu lindern und die Schäden zu beheben.

»Das ist ein guter Gedanke, Majestät«, lobte die Oberste Seherin. »Doch dieser Sturm war nicht der, den ich vorhergesehen habe. Im Vergleich zu dem, der noch kommen wird, war dieser eine sanfte Brise. Daher müsst Ihr alles daransetzen, neue Deiche zu bauen und die alten zu verstärken. Besser noch, ihr setzt dahinter eine zweite Reihe, die das Meer aufhält, falls es die alten Deiche überspült.«

»Das scheint mir ein übertriebener Aufwand«, widersprach Prinz Bierfried. »Wenn man es genau nimmt, sind doch nur ein paar Steine ins Meer gestürzt. Das Meer nimmt und das Meer gibt. So ist der Lauf der Dinge. Deshalb gibt es überhaupt keinen Grund, in Panik zu verfallen, nur weil es mal ein bisschen mehr genommen hat!«

»Zumal unsere Deiche bisher immer gehalten haben – selbst beim großen Sturm vor 100 Jahren. Ich sehe keinen Grund, daran zu zweifeln, dass sie auch dieses Mal widerstehen werden!«, sprang ihm Prinzessin Sulamunda zur Seite. »Daher gibt es wirklich Wichtigeres zu tun – gerade jetzt, wo so viel verloren ging.«

Der König wiegte sein Haupt und schwieg. Die Worte der Obersten Seherin hatten ihn beunruhigt.

Aber ihm gefiel nicht, dass sie sagte, was zu tun sei. Wie konnte sie es wagen, ihm vorzuschreiben, wie er zu handeln habe? Er war es, der die Entscheidungen traf. Alles andere untergrub seine Autorität. Die Reaktionen seiner Kinder zeigten es doch: Wenn er nachgab, würde es aussehen, als handle er in Panik, statt rational und überlegt. Das durfte nicht sein. Als König musste er mindestens so gelassen und ruhig wirken wie Prinzessin Sulamunda, und gleichzeitig Entschlossenheit und Tatkraft ausstrahlen. Was also tun?

Noch während er nachdachte, betrat Prinzessin Holdria den Raum. Sie war in Begleitung eines schlanken, schönen Mannes, dessen rollender Gang ihn als Seemann auswies. »Das, Papa, ist Kapitän Pequod. Ich habe ihn neulich auf dem Ball kennengelernt, und als ich sah, dass die alte Krähe wieder da ist, habe ich beschlossen, ihn mitzubringen«, sagte sie und streckte der Obersten Seherin die Zunge heraus. »Im Gegensatz zu ihr kennt er das Meer und kann erzählen, wie es dort wirklich aussieht!«

Der Kapitän verbeugte sich schneidig und begann, zu erzählen. Er hatte eine wohlklingende Stimme und verstand sich darauf, die Zuhörer in seinen Bann zu schlagen. Binnen kurzer Zeit lauschte der ganze Saal seinem Bericht. Kapitän Pequot gestand, dass er die Gefahr zunächst unterschätzt habe. Der Sturm sei aus einer Richtung gekommen, aus der niemand ein Unwetter erwartet hätte, dann aber so schnell aufgezogen, dass es der Mannschaft trotz größter Anstrengung nicht gelungen sei, die Segel einzuholen. Sie hätten Topp- und Rahsegel verloren. Ein Mann sei von den Brechern mitgerissen worden, die das Deck überspülten. Mehrfach hatten sie befürchtet, das Schiff werde kentern. Am Ende sei es aber gelungen, den Sturm abzureiten. »Wir hatten ein Leck achtern, aber der Großteil der Ladung blieb unbeschädigt. Damit haben wir das Unwetter alles in Allem gut überstanden«, schloss er.

»Mir hast du außerdem gesagt, dass ein solches Unwetter etwas Einmaliges ist«, schmollte Prinzessin Holdria.

Das sei absolut zutreffend, bestätigte der Kapitän an den König gewandt. »Aus jener Richtung zieht vielleicht alle tausend Jahre ein Sturm auf. Daher könnt Ihr gewiss sein, dass es zu Euren Lebzeiten keine Fluten wie diese mehr geben wird.«

Seine Worte erleichterten den König sehr. Dennoch wollte er die Warnungen und Ratschläge der Obersten Seherin auch nicht vollständig ignorieren. Immerhin hatte sie bereits einmal richtig gelegen, wohingegen die Zufallsbekanntschaft seiner Jüngsten möglicherweise nicht der beste Gewährsmann war.

Der König wusste sehr gut, dass Prinzessin Holdria Menschen vor allem nach ästhetischen Qualitäten bewertete. Andererseits war der Kapitän gewissermaßen vom Fach. Wenn er sagte, dass solche Stürme selten seien, durfte man das wohl glauben. Daher erschien es dem König als das Beste, eine vermittelnde Position einzunehmen. So konnte er zeigen, dass er keinesfalls in Panik verfallen war, ohne sich dem Vorwurf auszusetzen, eine Gefahr ignoriert zu haben.

Daher bedankte er sich zunächst bei Kapitän Pequod für dessen Bericht. »Sein Optimismus scheint mir allerdings ein bisschen übertrieben. Schließlich lehrt uns die Geschichte, dass es immer wieder zu Fluten kommt. Schon aus diesem Grund wäre es fahrlässig, keine Vorkehrungen zu treffen. Das gilt um so mehr, als eine ernstliche Warnung vor einer drohenden Gefahr vorliegt.« Er nickte der Obersten Seherin huldvoll zu, bevor er weitersprach: »Auf der anderen Seite besteht jedoch keine unmittelbare Gefahr. Darauf lässt nicht nur der Bericht von Kapitän Pequod schließen. Auch Prinzessin Sulamunda hat zu Recht darauf hingewiesen. Und weil keine unmittelbare Gefahr besteht, gibt es auch keinen Anlass, die Dinge zu überstürzen.« Er sah, dass die Oberste Seherin etwas einwenden wollte. Aber er war der König und nicht gewillt, sich unterbrechen zu lassen. Daher machte er nur eine unwirsche Handbewegung und fuhr ansonsten ungerührt fort: »Ich habe daher beschlossen, eine Kommission zur Untersuchung der Deiche einzuberufen. Sie wird Empfehlungen erarbeiten, in welchem Maße eine Verstärkung notwendig ist und in welcher Reihenfolge diese vorgenommen werden sollte. So bald die Ergebnisse vorliegen, werden wir je nach Dringlichkeit und Finanzlage die notwendigen Mittel bereitstellen, damit die Arbeiten zügig begonnen werden können.«

»Das ist viel zu spät!«, rief die Oberste Seherin entsetzt. »Euch mag das Meer ruhig erscheinen, Majestät, aber ich sage Euch: Die Flut kommt. Ihr müsst jetzt handeln. Unverzüglich!«

»Ich habe meine Entscheidung getroffen«, donnerte der König indem er sich erhob. »Ihr könnt Eure Bedenken gerne der Kommission vortragen, wenn diese ihre Arbeit aufgenommen hat. Aber bis dahin rate ich Euch, mir nicht weiter auf die Nerven zu gehen, wenn Ihr in meinen Diensten bleiben wollt.«

Einige Monate verstrichen. Die Kommission wurde gegründet und nahm ihre Arbeit auf. In den ersten Wochen stieg der König täglich auf den Nordturm und starrte hinaus auf das Meer, nur zählte er jetzt nicht die Schiffe, sondern hielt Ausschau nach dunklen Wolken und großen Wellen. Aber das Meer blieb glatt. Wenn es sich hob, dann wegen der Flut. Und mit jeder Ebbe fiel es wieder zurück.

Je länger das so ging, desto lächerlicher erschien dem König seine Furcht und um so haltloser die Warnungen der Obersten Seherin. Er überlegte bereits, die Kommission aufzulösen, als erneut dunkle Wolken am Horizont aufzogen.

»Noch könnt Ihr etwas unternehmen, Majestät!«, drängte die Seherin. »Lasst Eure Bauern Erde in Säcke füllen und auf die Deichkronen legen. Das wird uns Zeit verschaffen, Mensch und Vieh von der Küste auf die Hügel im Süden zu bringen.«

»Wo kommen wir hin, wenn wir wahllos Löcher graben lassen!«, rief Prinz Bierfried. »Am Ende fällt noch jemand hinein und verletzt sich.«

Auch Prinzessin Sulamunda zeigte sich entsetzt. »Wir können die Menschen nicht einfach von der Küste wegbringen«, erklärte sie. »Sie werden hier gebraucht. Wer soll sich um die Felder kümmern, wenn sich alles in den Hügeln drängt? Auch muss das Obst gepflückt, der Wein gelesen und der Flachs zur Röste ausgebracht werden. Wir können es uns nicht leisten, eins davon zu vernachlässigen! Wie soll das Königreich prosperieren, wenn wir weder Flachs noch Leinen und auch keinen Wein, kein Obst und kein Getreide für den Handel oder als Nahrung haben?«

Die Oberste Seherin wollte einwenden, dass es kein Königreich mehr geben werde, wenn nicht unverzüglich Maßnahmen ergriffen würden, wurde aber sofort von Kapitän Pequod unterbrochen, der darauf hinwies, dass das Meer immer wieder mal steige. »Das nennt sich Tidenhub, Verehrteste!«

Sie sei mit dem Wechsel der Gezeiten vertraut, besten Dank auch, wollte die Oberste Seherin erwidern, wurde jedoch von einer Handbewegung des Königs zum Schweigen gebracht. »Wir sollten uns nicht aus Furcht zu überstürztem Handeln hinreißen lassen«, sagte er. »Die Kommission tut ihre Arbeit. Sie wird zu gegebener Zeit ihre Ergebnisse vorstellen. Bis dahin sind wir alle sicher.«

Damit beendete er die Audienz, denn er war der vielen Stimmen müde. Aber er stand noch lange an seinem Ausguck auf dem Nordturm und starrte bangen Auges auf die blei- und anthrazitfarbenen Wolken, die sich am Horizont türmten. Das Meer hingegen wirkte ruhig. Es glitzerte blau und silbern zu seinen Füßen. Die Sonne hüllte ihn in wohlige Wärme. Sein Herz füllte sich mit Ruhe. Seine Sorge schwand. Die Wolken waren weit entfernt. Er hatte richtig entschieden.

Doch in der Nacht kam erneut Sturm auf. Das aufgewühlte Meer stieg und hörte nicht auf zu steigen. Drei Tage brandete es gegen die Deiche.

Am vierten Tag brach es durch. Schlammfluten überrollten die Felder und die panisch gen Süden fliehenden Menschen.

Sieben Tage dauerte der Sturm. Als er sich endlich legte, gab es keine Deiche mehr, und das Königreich war um ein weiteres Drittel kleiner geworden. Nur die Hauptstadt hatte die Überschwemmung weitgehend unbeschadet überstanden, weil der Hafenmeister auf die Warnung der Obersten Seherin gehört und vorsorglich die Hafentore geschlossen hatte.

Das Entsetzen der Königsfamilie war groß. Der König rang stumm und verzweifelt die Hände. Um so mehr redete Prinz Götzbert. Er stolzierte im Thronsaal auf und ab und verkündete lauthals, die Flut sei die Strafe der Götter, weil man dem Herrn des Meeres und der Göttin des Windes nicht ausreichend gehuldigt habe.

»Ein kleines Opfer – wäre das zu viel gewesen?«, rief er und hob theatralisch die Hände gen Himmel. »Aber statt sich ihrer Gunst zu versichern, haben wir uns von ihnen abgewandt. Statt uns in ihre Hand zu begeben, wollten wir die Deiche erhöhen und sie so ausschließen. Ist es da ein Wunder, dass sie uns nach solchem Frevel erst recht ihre Macht spüren lassen?«

»Dann begib dich doch in ihre Hand und wirf dich selber ins Meer«, unterbrach Prinzessin Sulamunda seine Suada. »Aber verschone uns mit deinem religiösen Geschwafel! Die Götter sind mir gerade so egal wie wir ihnen! Frag lieber, was mit unserer Wirtschaft wird! Wie sollen wir noch Handel treiben, nachdem das Meer unser Land, das Vieh und die Ernte weggerissen hat?« Sie seufzte tief. »O Vater, was sollen wir nur tun?«

Der König aber wusste auch keinen Rat.

»Was macht ihr alle für ernste Gesichter«, ertönte es da von der Tür her und herein trat Prinzessin Holdria. »Die Gefahr ist vorbei. Kapitän Pequod hat gesagt, es wird keine weitere Welle mehr kommen! Draußen scheint die Sonne und das Meer glitzert herrlich in der Sonne!« Sie machte ein paar fröhliche Tanzschritte auf den Thron zu. »Komm mit mir, Vater! Und ihr anderen auch! Ihr müsst mit hinauskommen und es selber ansehen, statt hier drinnen Trübsal zu blasen.«

Als sich der König erhob, fand er sich unvermittelt der Obersten Seherin gegenüber. Ungehört und ungesehen hatte sie die große Halle betreten; so unbeachtet, dass es schien, als sei sie dem Boden selbst entwachsen. Ihr Haar war wirr. Ihre Augen lagen tief in den Höhlen und ihre Stimme klang rau und brüchig.

»Zwei Mal habe ich Euch gewarnt, Majestät!«, sagte sie. »Zwei Mal ist eingetreten, was ich Euch prophezeite. Wollt Ihr dieses Mal auf mich hören? Es ist noch nicht vorbei. Am siebenten Tag von heute an, wird eine weitere Welle kommen, und sie wird gewaltiger sein als die beiden zuvor. Daher rate ich Euch: Schickt alles Volk ins Landesinnere auf die Hügel! Lasst sie das Vieh mitnehmen und Boote. Von ihrem Besitz so viel, wie sie tragen können, doch keine Wagen, denn dafür wird der Platz nicht reichen. Die Stärksten und Schnellsten aber sollen aus den Häusern und allem, was darin ist, Wälle bauen und Wurten aufschütten. So werdet ihr vielleicht nicht euer Land, aber wenigstens das Volk retten und könnt einen Neuanfang wagen, wenn das Wasser gefallen ist.« Ihre Stimme brach.

Augenblicklich begannen die Prinzessinnen und Prinzen zu reden.

»Was ist das für ein Unsinn?«, verlangte Prinz Bierfried zu wissen. »Boote ins Landesinnere! Wer hat davon schon einmal gehört?«

»Mensch und Vieh auf die Hügel?«, empörte sich Prinzessin Sulamunda. »Bei allem Respekt, aber das ist vollkommen ausgeschlossen! Sie werden auch das letzte bisschen Saat zertrampeln.«

»Und wofür? Das ist doch alles Panikmache!«, rief Prinzessin Holdria aufgebracht. »Kapitän Pequod hat schließlich genau dargelegt, dass das Meer nicht noch einmal steigen wird!«

Prinz Götzbert nickte eifrig. »Genau so sehe ich es auch und dafür sollten wir dem Herrn des Meeres und der Herrin der Winde Dankbarkeit zeigen. Da trifft es sich gut, dass in genau sieben Tagen das Opferfest ist. Statt das Volk in die Hügel zu bringen, wo es nur alles zerstört, sollten wir dazu aufrufen, an diesem Tag besonders zahlreich an den Strand zu gehen. Nichts verbindet mehr als die Riten. Nichts entschädigt mehr für die Verluste und nichts wird die Götter mehr besänftigen als diese Bestätigung unseres tiefen Glaubens und unserer Verehrung.«

»So schließt wenigstens die Hafentore«, sagte die Oberste Seherin matt. »Vielleicht rettet Ihr dann noch die Hauptstadt.«

»Die Hafentore schließen?«, schrie Prinzessin Sulamunda entsetzt. »Die Lager sind voll und der Handel ist das Einzige, was uns in unserer Lage noch bleibt.«

»Auf keinen Fall dürfen wir die Tore schließen«, stimmte Prinzessin Holdria zu. »Kapitän Pequod hat heute morgen Segel gesetzt und wird in sieben Tagen zurückkehren. Auf keinen Fall lasse ich zu, dass er auf dem offenen Meer Anker werfen muss!«

»Ich kann euch nur sagen, was ich gesehen habe«, erwiderte die Oberste Seherin. »Es bleibt Euch überlassen, daraus Schlüsse für Euer Handeln zu ziehen, doch ich sage Euch: Wenn Ihr so handelt wie beabsichtigt, wird von Euch allen nichts bleiben als blanke Knochen. Einzig Euer Schloss wird noch eine Weile über dem Meer aufragen. Mit der Zeit jedoch wird es ebenso zerfallen wie Euer Reich. In seinen bröckelnden Mauern werden Möwen hausen und ihre Schreie werden auf ewig an die erinnern, die durch Euer Zaudern ertrunken sind.«

Der König klappte den Mund auf, um zu sagen, dass es doch einen anderen Weg geben müsse. Doch die Oberste Seherin achtete nicht mehr auf ihn. Sie warf sich die Kapuze über und schlurfte aus dem Saal.

»Und wenn wir die Tore nur ein Stück weit schließen?«, rief der König ihr nach. »Und fleißig messen?«

Er erhielt keine Antwort.

Ohne noch einen Blick zurückzuwerfen, begab sich die Oberste Seherin zum Hafen. Dort bestieg sie ein Schiff, das sie in ein fernes Land brachte. Sie wurde nicht gerade mit offenen Armen empfangen, doch sie war eine kluge Frau und nicht unvermögend. Von ihrem Geld kaufte sie ein kleines Haus, in dem sie noch viele Jahre abgeschieden und einigermaßen glücklich lebte.

Dem König und seinen Kindern war weniger Glück beschieden. Sieben Tage nach Abreise der Obersten Seherin zog der Sturm auf, den sie prophezeit hatte. Er kam mit nachtschwarzen Wolken, krachendem Donner und gleißenden Blitzen. Am hellichten Tage wurde es schlagartig dunkel. Dann barsten die Wolken und es war, als stürze das Meer selber herab. Gleichzeitig brach die Flut über das ungeschützte Land herein. Eine Weile waren noch die Schreie der ertrinkenden Menschen und das Brüllen des Viehs zu hören. Dann füllten nur noch das Brausen des Windes und das Tosen der Wogen die Dunkelheit. Nach dem Sturm kam die Stille. Schwer wie ein bleiernes Tuch lag sie über dem Schloss. Sie erstickte das Schluchzen von Sulamunda, die Suadas von Götzbert und die Selbstvorwürfe des Königs ebenso wie die Fröhlichkeit von Bierfried und Holdria. Stumm und hohläugig irrten sie noch einige Wochen durch die Räume, bis alle Vorräte aufgebraucht waren und sie sich, von Durst und Hunger entkräftet, hinlegten, um nie wieder aufzustehen.

So erfüllte sich die Weissagung der Obersten Seherin. Noch heute steht das Schloss oben auf dem Felsen, hoch über dem Meer. Seine Dächer sind eingestürzt, die Mauern zerfallen. Nur Wind und Möwen hausen dort – aber die Fischer, die sich wieder in diese Gegend wagen, schwören, gelegentlich die Schreie derer zu hören, die in jener Nacht ertrunken sind.

Der Atem des Drachen

Es war einmal ein Schuhmacher, der hatte drei Söhne. Seinen Ältesten schickte er auf die Universität, um Medizin zu studieren, und mit der Zeit wurde aus dem Jungen ein tüchtiger Arzt. Den zweiten Sohn gab er bei einem Kaufmann in die Lehre, wo der Bursche alles über Buchführung und Handelswege lernte und schon bald als Teilhaber in das Geschäft seines Lehrherrn einstieg. Als jedoch Hannes, sein jüngster Sohn in das Alter kam, um eine Ausbildung zu beginnen, waren die Rücklagen des Alten aufgebraucht. So beschloss er, Hannes bei sich zu behalten und ihn das Schusterhandwerk zu lehren.

Dem Jungen war das nur recht. Er mochte seinen Vater und ging ihm gerne zur Hand. Er mochte die Werkstatt, in der es nach Honig, Leim und Leder roch. Und er mochte die Arbeit, die der Beruf eines Schuhmachers mit sich brachte.

Sein Vater brauchte ihn kaum anzuleiten. Der Umgang mit Messer, Ahle und Borste schien Hannes im Blut zu liegen, und noch vor Ende der Lehrzeit konnte er vom Vater nichts mehr lernen. Doch statt sich damit zu begnügen, nun alles zu wissen, was ein Schuhmacher auf dem Land wissen musste und bis an sein Lebensende die im Wesentlichen immer gleichen Schuhe herzustellen, wie sie auf dem Land nun einmal gebraucht wurden – fest, robust und langlebig – begann Hannes, mit neuen Formen und Materialien zu experimentieren.

Der Alte schimpfte zuweilen über die Narretei. Aber verbieten konnte er sie nicht, weil Hannes diese Experimente in seiner freien Zeit durchführte und nur Material benutzte, das im normalen Werkstattbetrieb nicht gebraucht wurde. So wuchsen die Kenntnisse des Jungen, bis er Schuhe herstellen konnte, die denen, die in der Stadt getragen wurden, an Eleganz und Raffinesse in nichts nachstanden.

»Das ist doch Tinnef. Das kauft niemand!«, prophezeite der Alte, als Hannes das erste Paar ins Regal stellte. »Du wirst schon sehen: Die Dinger werden da stehen bleiben bis sie vergammeln!«

Er lag falsch. Alle, wirklich alle, die in den Laden kamen, bewunderten die Schuhe. Die Mutigsten ließen sie sich geben und fragten nach dem Preis. Binnen einer Woche waren sie verkauft.

»Kannst du mir auch so ein Paar machen?«, fragte der Müller. »Nur ein bisschen weiter vielleicht, denn die anderen haben doch arg gedrückt.«

»Aber sicher«, antwortete Hannes und machte sich an die Arbeit.

Auch der Bürgermeister wollte neue Schuhe, ebenso der Pferdehändler, die Metzgerin und die Apothekersfrau. Hannes' Fähigkeiten sprachen sich schnell herum, und bald kamen Anfragen aus dem ganzen Landkreis. Hannes hätte sich ganz auf das Anfertigen neuer Schuhe verlegen können, aber er kümmerte sich mit gleicher Hingabe um gerissene Nähte, durchgelaufene Sohlen und andere Flickschustereien.

»Du vergeudest dein Talent«, sagte sein Vater nun. »Geh auf Wanderschaft, lerne von den Besten und ich sehe eine große Zukunft vor dir! Du könntest ein Geschäft in der Stadt eröffnen und nur noch für die Adeligen und die ganz Reichen arbeiten. Wer weiß, vielleicht wirst du sogar Hofschuhmacher! Du könntest dich in Samt und Seide kleiden. Essen, was immer du willst und bräuchtest dich nie mehr um so was kümmern.« Dabei wies er auf das ausgetretene Paar derber Schuhe, das eine Bauersfrau gerade zum Besohlen vorbeigebracht hatte.

Hannes schüttelte den Kopf. »Ich habe, was ich brauche«, widersprach er. »Was für ein Mensch wäre ich, nur nach dem Geldbeutel zu gehen! Diese Schuhe sind für die alte Agnes«, so hieß die Bäuerin, »ebenso so wertvoll, wie es die neuen Stiefel für den

Ochsenwirt sind. Daher verdienen sie es auch, mit der gleichen Sorgfalt behandelt und hergerichtet zu werden.«

Der Vater brummte etwas, sagte jedoch nichts. Schließlich lebten sie beide sehr gut von der Fertigkeit seines Sohnes.

Dann jedoch wurde der Alte krank. Mehrere Tage fieberte er so stark, dass nicht sicher war, ob er überleben würde. Doch auch, nachdem das Fieber gesunken war, blieb er schwach. Er schaffte es kaum, alleine aufzustehen. Hannes musste ihm beim Anziehen helfen und ihn bei den wenigen Schritten vom Bett zur Bank in der Küche stützen. Dort saß er dann den größten Teil des Tages und lamentierte über seinen Zustand, bis es Zeit war, die Kartoffeln für das Abendessen zu schälen. Immerhin dafür war er einigermaßen zu gebrauchen.

Seine Arbeitskraft fehlte überall. Die Werkstatt hätte Hannes zur Not alleine weiterführen können. Aber dazu noch die Hausarbeit zu machen und den kranken Vater zu pflegen, überstieg seine Kräfte. Daher blieb ihm nichts anderes übrig, als jemandem aus dem Ort einzustellen, um nach dem Vater zu sehen, zu waschen, zu putzen und was noch alles an Arbeit in Haus und Garten anfiel. Das war teuer, und obwohl die Werkstatt florierte, reichten die Einnahmen nicht, um alle Ausgaben zu decken.

In seiner Not schrieb Hannes einen Brief an seine Brüder. Er schilderte die fatale Lage, in die sie durch die Krankheit des Vaters geraten waren und bat sie um Hilfe.

Der Bruder, der Kaufmann geworden war, antwortete mit einer langen Klage über ein untergegangenes Schiff, gestiegene Kosten, die starke Konkurrenz und vielerlei mehr. Sein Brief klang ganz so, als ob in Wahrheit er derjenige wäre, der auf Geld und Unterstützung der Familie angewiesen sei. Hannes schämte sich beinahe, ihn überhaupt angeschrieben zu haben.

Der Brief des ältesten Bruders kam zwei Tage später. Er war gespickt mit guten Wünschen und Ratschlägen zur Versorgung des Alten. Außerdem schrieb er, dass ein Päckchen mit Medikamenten auf dem Weg sei. Geld hatte der Arzt aber auch keines über.

Immerhin halfen die Medikamente ein bisschen. Doch das Ersparte schwand weiter dahin, obwohl Hannes sein Bestes tat und von früh bis spät in den Abend hinein arbeitete. Ohne das zweite Paar Hände blieb zwangsläufig Arbeit liegen. Leute, die eine bevorzugte Behandlung gewohnt waren, mussten nun auf ihre Bestellung warten. Es kam zu Beschwerden. Die Aufträge gingen zurück. Die Werkstatt lohnte sich immer weniger.

»Wir geben mehr Geld aus, als hereinkommt«, sagte Hannes eines Abends zu seinem Vater. »Lass uns das Haus verkaufen und in die Stadt ziehen. Vielleicht kann ich dort eine Arbeit finden.«

Aber davon wollte der Alte nichts wissen. Es sei immer noch sein Haus, sagte er. Freiwillig werde er nicht ausziehen. Man müsse ihn schon mit den Füßen voran durch die Tür tragen.

Gegen seinen Starrsinn kam Hannes nicht an, und so wurde ihre Situation immer verzweifelter.

Zu jener Zeit verbreitete sich die Kunde, dass ein fernes Königreich von einem Drachen heimgesucht würde. Ein gewaltiges Untier sei das, so hieß es, und mit jedem Bericht wurde es noch größer und grausamer. Auch die Zahl der Ritter, die ihr Leben im Kampf gegen ihn verloren hatten, wuchs beständig. Nur in einem waren sich die Berichte einig, nämlich dass der Regent eine gewaltige Belohnung für denjenigen ausgesetzt hatte, der ihm den Kopf des Untier brächte.

Als Hannes die Summe hörte, beschloss er sofort,

dass er das Geld verdienen würde.

»Bist du närrisch?«, fragte sein Vater. »Was glaubst du, was einer wie du gegen einen Drachen ausrichten kann? Hast du nicht gehört, wie viele Ritter er verbrannt und gefressen hat? Glaubst du ernsthaft, du wärst besser als sie? Und womit willst du ihn überhaupt bekämpfen? Mit Zwickzange und einer Ahle vielleicht?«

Darauf hatte der Junge keine Antwort. Aber weil er nun einmal Geld brauchte und keinen anderen Weg sah, es auf ehrliche Weise zu verdienen, brach er trotzdem auf.

Nach langen, entbehrungsreichen Wochen kam er endlich zum Schloss des fremden Königs. Es war weitaus weniger prachtvoll als in seiner Vorstellung. Der einst weiße Putz hatte schwarze Brandflecken. Einer der Türme war sogar ganz abgebrannt. Je länger Hannes das Schloss betrachtete, desto mehr Schäden sah er. Auch fiel ihm auf, dass sämtliche Fenster offenbar erst vergittert und danach bis auf schmale Schlitze zugemauert worden waren. Eine seltsame Reihenfolge und das war nicht die einzige Seltsamkeit. Sämtliche Bäume im Schlosspark waren gerodet. In der Auffahrt standen Kanonen. In der gesamten Umgebung patroullierten kleine Trupps von Soldaten.

Auch der Zugang zum Schloss war bewacht. Die Wachstube neben dem Tor war voll besetzt. Ein gutes Dutzend Bewaffnete war dort untergebracht. Sie spielten Karten, tranken und musterten Hannes verächtlich, während der diensthabende Offizier ihn penibel befragte, wer er war, woher er kam und welche Absichten ihn hierher geführt hatten. Hannes antwortete so gut es ging, und obwohl seine Antworten einiges an Gelächter hervorriefen, klingelte der Diensthabende am Ende doch nach einem Pagen, der Hannes zum Thronsaal bringen sollte.

Die Begleitung war auch notwendig, denn der Innenhof des Schlosses glich einem Heerlager. Allein hätte Hannes kaum hindurch gefunden. Kurzum: Alles wirkte, als befände man sich im Krieg.

Hannes hatte sich darauf eingestellt, warten zu müssen, doch der Page führte ihn direkt vor den König. Wieder musste er Rede und Antwort stehen. Doch war der Empfang nicht unfreundlich, bis er seinen Beruf nannte.

»Ein Schuster!?«, rief der König lachend und der ganze Saal lachte mit ihm.

»Nicht, dass wir keine Handwerker gebrauchen könnten«, sagte ein bärtiger alter Mann, vielleicht ein Minister, nachdem er sich etwas beruhigt und die Lachtränen abgewischt hatte. »Wenn du dich auf das Bauhandwerk oder das Schmieden von Waffen verstündest, wärest du mehr als willkommen. Aber ein Schuster ...«

„Noch dazu als Drachentöter!« johlte der König, der immer noch so sehr lachte, dass ihm der Bauch wackelte. »Was ist deine Geheimwaffe, Schuster? Der Gestank deiner Füße in den durchgelaufenen Stiefel vielleicht?«

Erneut brandete Gelächter auf.

Der alte Mann aber legte Hannes die Hand auf die Schulter und sagte, er verstehe seine Motive und zweifle nicht an seinem Mut. »Trotzdem. Das ist keine Aufgabe für einen wie dich. Weißt du nicht, wie viele Ritter schon versucht haben, sich die Belohnung zu verdienen? Nicht einer von ihnen ist zurückgekehrt. Der Atem des Drachen hat sie alle verbrannt. Also geh zurück zu deinem Leisten, Schusterjunge!«

Der Spott schmerzte Hannes durchaus. Aber er blieb bei seinem Vorhaben. Nachdem das Gelächter verebbt war, ließ er sich erklären, wo der Drache zu finden war, stattete sich mit Proviant aus und brach erneut auf.

Mit jedem Tag, den er ging wurde das Land hügeliger. Die Städte, Dörfer und Weiler wurden weniger und immer kleiner und ärmlicher. Dagegen schienen die Berge am Horizont emporzuwachsen. Nur die Menschen blieben immer gleich: wortkarg, mürrisch und misstrauisch musterten sie den durchziehenden Fremden. Keiner bot ihm einen Schluck zu trinken an, einen Kanten Brot oder auch nur ein Nicken zum Gruß. Niemand fragte, wer er sei, woher er käme und wohin er wollte.

Am Abend des ersten Tages übernachtete Hannes in einem Gasthof. Am zweiten fand er bei einem Bauern Obdach, dem er zuvor mit seinen Kühen geholfen hatte. Doch als der Abend des dritten Tages heraufdämmerte, war nirgends ein Haus, eine Scheune oder auch nur ein Unterstand zu sehen. Die karge Hügellandschaft, durch die der Weg nun führte, wirkte menschenleer. Ganz schien es, als müsse Hannes diese Nacht im Freien verbringen. Das war keine angenehme Vorstellung. Die von struppigen Wäldern bewachsenen Hügel ließen Hannes an die Geschichten von Trollen und Truden denken, die abends im Wirtshaus die Runde machten. Sie mochten Fantasiegespinste sein. Aber auch Wölfe, Luchse und vielleicht sogar Bären würden sich in dieser Einöde wohlfühlen. Hannes verspürte nicht den geringsten Wunsch, von ihnen als Abendmahlzeit begrüßt und willkommen geheißen zu werden. Er war immer noch gewillt, einem Drachen gegenüberzutreten. Aber eine reißende Bestie am Ende der Reise reichte ihm vollkommen.

Die Nacht senkte sich immer tiefer, ohne dass eine menschliche Behausung in Sicht kam. Mit jedem Schritt verdichtete sich die Dunkelheit. Hannes' Mut sank.

Doch kurz, bevor es zu finster wurde, um die Straße zu erkennen, stieß er hinter einer Wegbiegung auf etwa ein Dutzend baufälliger Häuser, die sich in einer Senke zusammendrängten wie Schafe in ihrem Pferch. Nirgends schien ein Licht. Hätte die Straße nicht mitten durch die Siedlung geführt, hätte Hannes sie übersehen, und wäre da nicht der Geruch nach Holzfeuer und das behagliche Brummen von Vieh gewesen, hätte er sie für verlassen gehalten.

Erleichtert klopfte er an die Tür des ersten Hauses. Nichts geschah. Hannes klopfte ein zweites Mal. Wieder rührte sich nichts. Ganz im Gegenteil: Ihm war, als würde die Nacht um ihn herum leiser. Sogar das Haus selber schien die Luft anzuhalten.

Hannes blieb nichts übrig, als weiterzugehen und sein Glück beim nächsten Haus zu versuchen. Aber hier erging es ihm nicht besser als beim ersten. Auch alle anderen Türen blieben ihm verschlossen. Am Ortsausgang ließ er sich müde gegen einen Zaun sinken.

Und wenn ich einfach hier bleibe?, überlegte er. Wer soll es bemerken, wenn ich nur früh genug wieder aufbreche? Sie gehen doch nicht vor die Tür. Das Risiko war also gering. Außerdem erschien ihm der Unmut der Dorfbewohner immer noch weitaus ungefährlicher als der Blutdurst der Bestien da draußen. Vielleicht finde ich in einem der Ställe Unterschlupf, ging es ihm durch den Kopf. Damit hätte ich es sogar einigermaßen warm.

Er warf einen Blick über den Zaun. Viel war in der Finsternis nicht zu erkennen, aber an einigen Stellen erschien sie ihm fester – als stünde dort ein Schuppen oder ein anderes kleines Gebäude. Auch schien es einen Pfad zu geben, der darauf zuführte. Jedenfalls befand sich dort, wo der mögliche Pfad begann, eine Pforte im Zaun.

Hannes schulterte sein Bündel, öffnete die Pforte und folgte dem Pfad. Er endete an der Tür einer kleinen Hütte. Sie war so winzig und verfallen, dass sie kaum als menschliche Behausung zu taugen schien. Doch die Tür erwies sich als verschlossen.

Als Hannes daran rüttelte, fragte eine Stimme aus dem Innern barsch, wer er sei und was er wolle.

»Ein Wanderer, der um eine Unterkunft bittet«, antwortete Hannes. »Seid so gut und nehmt mich heute Nacht bei Euch auf!«

Hinter der Tür klapperte es. Ein Schlüssel knirschte im Schloss. Die Tür öffnete sich knarrend. Dahinter stand das buckeligste Weiblein, das Hannes je zu Gesicht bekommen hatte.

»Eins sage ich Euch gleich, Herr«, sagte sie statt einer Begrüßung, »wenn ihr mehr erwartet als den blanken Boden, seid Ihr hier falsch. Ich habe Euch nur geöffnet, weil bei Nacht niemand dort draußen sein sollte. Aber ich habe nur ein Bett. Und selbst wenn ich es Euch überlassen wollte, wäre es für Euch zu kurz.«

»Das ist schon recht«, antwortete Hannes freundlich. »Draußen in der Wildnis hätte ich auch nicht bequemer gelegen.«

»Zu essen habe ich auch nichts«, fuhr die Alte fort. »Das bisschen, was ich zu beißen habe, ist gerade genug, um nicht selber zu verhungern. Einen jungen Burschen wie Euch kann ich beim besten Willen nicht auch noch durchfüttern.«

»Dann sind wir uns einig«, erwiderte Hannes. »Ich habe noch genug dabei, dass es für uns beide reicht. Und lass das mit dem 'Herrn'. Ich bin nur ein einfacher Schuhmacher auf der Durchreise.«

»Was treibt einen Handwerksburschen in unsere Gegend?«, wollte die Frau später wissen. »In der Stadt ist einer wie du doch viel besser aufgehoben.«

»Ich bin wegen des Drachen hier.«

»Was? Willst du ihm die Schuhe neu besohlen?«

Hannes errötete. «Ich will ihn davon abhalten, weiter sein Unwesen zu treiben. Auch wenn ich nur ein Schuhmacher und Sohn eines Schuhmachers bin, und schon Tausende von Rittern vergeblich ihr Glück versucht haben. Vielleicht gelingt mir ja, was ihnen nicht gelungen ist, weil ein Handwerker auf Dinge achtet, die ein Ritter übersieht!«

»Das ist schon möglich«, lenkte die Frau ein. Aber wir haben hier eigentlich kein Problem mit dem Drachen. Man muss ein bisschen aufpassen, das stimmt schon. Aber er ist ja so groß, dass man ihn schon von Weitem sieht. Dann treiben wir das Vieh zusammen, aber das war es auch.«

»Aber verheert er denn nicht auch eure Felder und bestiehlt euch?«, fragte Hannes. »Am Königshof sagte man ...«

»Am Hof des Königs sagt man sicher vieles«, erwiderte sie unerwartet scharf. »Aber sieh dich doch um, Schuster: Hier gibt es keine Felder. Der Boden ist zu karg und zu steinig. Und wie sollte uns ein Drache bestehlen, ohne dass wir es merken – so groß, wie er ist? Nein, wenn hier etwas wegkommt, dann waren das entweder Menschen oder Feen.«

»Wie kannst du das sagen?«, fragte Hannes, überrascht vom plötzlichen Themenwechsel. »Ein Diebstahl geschieht doch heimlich. Wie soll man da wissen, wer dahintersteckt?«

»Bei dir daheim gibt es wohl keine Feen?«

»Nein«, gab Hannes zu. »Jedenfalls nicht, dass ich wüsste.«

Sie nickte. »Schade, eigentlich. Es ist immer gut, an einem Ort zu leben, an dem es Feen gibt. Außerdem kann eine Fee nichts nehmen, ohne dafür zu bezahlen. Frag mich nicht, warum. Es ist eben so. Und früher, als es hier noch Feen gab, haben sie immer eine Silbermünze oder einen kleinen Edelstein zurückgelassen. Manchmal sogar ein Goldstück. Deshalb kann dir hier in der Gegend auch jedes Kind sagen, ob Menschen oder Feen dahinterstecken, wenn etwas weggekommen ist.«

»Dann gibt es jetzt keine Feen mehr? Was ist aus ihnen geworden?«

Die Alte seufzte »Ich weiß es nicht. Vielleicht sind sie verhungert, weil es hier nichts mehr zu holen gab. Vielleicht sind sie rechtzeitig fortgezogen. Vielleicht aber waren sie auch von Beginn an nur auf der Durchreise.«

Hannes hätte gerne mehr über die Feen gehört, aber seine Wirtin sagte, sie sei müde. Und so blieb ihm nichts anderes, als sich auch schlafen zu legen.

Im Laufe des nächsten Tages wuchsen die Berge vor Hannes in dem Maße, in dem die Straße unter ihm schwand. Erst verlor sich ihr Pflaster, dann wurde sie selbst immer weniger, bis schließlich nichts von ihr übrig blieb als ein steil ansteigender Trampelpfad, der sich als kaum erkennbare Linie himmelwärts wand. Hannes ließ sich davon nicht verdrießen und folgte ihm. Den ganzen restlichen Tag ging es steil bergauf: über karge Wiesen und zwischen karstigem Felsen hindurch, bis sich unversehens eine Höhle vor ihm auftat.

Ihr Anblick war so furchterregend, dass der junge Schuster unwillkürlich zurückschreckte. Ihm war, als hätte sich mitten in der Felswand ein riesiges Maul aufgetan; ein Höllenschlund, dessen Rachen spitze, bluttriefende Zähne säumten. Fast hätte er auf dem Absatz kehrt gemacht, wäre den Pfad bergab zurück zur Straße gelaufen und dann die Straße entlang weiter bis zurück in sein Dorf.

Selbst als er erkannte, dass die Zähne nur Tropfsteine waren, die im Licht der untergehenden Sonne leuchteten, blieb das Unbehagen. Zum ersten Mal seit Antritt seiner Reise kam ihm ernsthaft in den Sinn, dass er scheitern konnte. Was würde dann aus dem Alten werden? Würde einer der Brüder ihn bei sich aufnehmen? Oder würden sie Haus und Werkstatt verkaufen und den Vater der Gnade und Willkür Fremder überlassen? Ob er sich die gleichen Gedanken machte? Saß er wie gewöhnlich um diese Zeit auf seiner Bank neben der Haustür, paffte sein Abendpfeifchen und schimpfte über den Sohn, der nicht auf ihn gehört, sondern sich in ein Abenteuer mit ungewissem Ausgang gestürzt hatte? Oder hatten ihn Kummer und Sorge übermannt und zurück aufs Krankenbett geworfen? Bei dem Gedanken wurde Hannes das Herz schwer. »Es ging doch nicht anders«, flüsterte er. »Wir brauchen das Geld. Andernfalls verlieren wir alles.«

Doch er hatte die Antwort noch im Kopf, die sein Vater ihm gegeben hatte. »Und wenn du stirbst? Dann ist gar nichts gewonnen, außer dass man dich einen Narren schimpfen wird. Zu Recht, denn genau das bist du. Du kannst gegen den Drachen nichts ausrichten. Er wird dich mit Haut und Haar verschlingen. Wir sind Schuhmacher. Einfache Leute und für solche Abenteuer nicht geschaffen!«

Darauf hatte Hannes damals nichts zu erwidern gewusst. Und auch jetzt fiel ihm nichts ein, um den Einwand zu entkräften.

Unterdessen redete die Stimme seines Vaters in seinem Kopf weiter. Sie bat und bettelte, drängte, schmeichelte und forderte. Und immer ging es nur darum, dass er umkehrte. »Das ist keine Niederlage, Hannes. Im Gegenteil: Es zeugt von Größe, Irrtümer einzugestehen.«

Hannes schwankte.

»Komm zurück, Junge!«, flüsterte die Stimme. »Komm nach Hause, so lange noch die Möglichkeit besteht. Wir kommen schon irgendwie über die Runden!«

Hannes blickte hinunter ins Tal, wo sich die Schatten sammelten. »Es ist zu spät«, sagte er leise. »Es gibt kein Zurück. Ob ich nun von der einen oder der anderen Bestie gefressen werde, macht keinen Unterschied.«

Wie zur Bestätigung heulte in der Dunkelheit zu seinen Füßen ein Wolf. Ein zweiter antwortete.

»Wünsch mir Glück, Vater«, dachte Hannes, als er die Höhle betrat. »Wenn ich schon sterben muss, dann wenigstens nicht als Feigling.«

Er hatte erwartet, über zerbeulte Rüstungen steigen zu müssen, in denen noch die Skelette ihrer Träger steckten. Aber er fand nicht einmal Knochen. Kein Schädel starrte ihn aus einem Winkel entgegen. Der Fels zeigte keine Brandspuren und die Luft im Gang roch nur nach nassen Steinen. Nur die abgebrochenen Tropfsteine und die Kratzspuren an Boden und Wänden verrieten, dass die Geschichte vom Drachen und den hundert Rittern mehr war als ein Märchen für kleine Kinder.

Hannes entzündete die mitgebrachte Lampe und folgte der Spur des Drachen tiefer in den Berg. Er ging lange, und mit jedem Schritt wuchs die Furcht, plötzlich dem Untier gegenüberzustehen.
Doch nichts geschah. War der Drache etwa ausgeflogen? Das war kein beruhigender Gedanke, denn es hieß, dass die Gefahr von vorn wie von hinten kommen konnte. Allein bei dem Gedanken, deer Drache könnte hinter ihm in den Gang gekrochen sein und nun geifernd seiner Spur folgen, stellten sich Hannes Nackenhaare auf.

Schließlich meinte er, Rauch zu riechen. Auch die Luft schien ihm verändert. Sie wirkte wärmer. Hannes blieb stehen. Er hatte es bisher vermieden, darüber nachzudenken, wie er dem Drachen gegenübertreten würde und sich eingeredet, ihm werde schon etwas einfallen. Nun musste er sich eingestehen, dass er nicht die leiseste Idee hatte. Aber er konnte auch nicht zurück. Nicht, so lange er nicht wusste, ob der Rückweg nicht geradewegs in die Fänge des Untiers führte. Alles, was ihm blieb, war weiterzugehen und auf das Beste zu hoffen. Also schirmte er das Licht seiner Laterne ab, um sich nicht zu verraten, und schlich dann auf auf Zehenspitzen vorwärts.

Unvermittelt stießen seine Hände auf ein Stück Stoff, das mitten im Gang von der Decke hing. Die unerwartete Berührung erschreckte ihn so sehr, dass er beinahe aufgeschrien hätte. Noch größer war seine Überraschung als er den Stoff beiseite stieß und sich in einer Höhle wiederfand, die vom flackernden Schein eines Feuers erhellt wurde. Das Feuer brannte in einer Art offenen Kamin, der anscheinend auch als Herd diente, denn über dem Feuer hing ein kleiner Kessel, und rings um die Feuerstelle stapelten sich Töpfe und Pfannen.

Als nächstes bemerkte Hannes einen Tisch, an dem mehrere Stühle standen. Dann einen Schrank, ein Regal mit Geschirr, noch einen Schrank, Truhen, ein Bett. Sogar einen Teppich gab es! Und auf dem Teppich ...

Er traute seinen Augen nicht. Da lag eine Frau. Eine nackte, sehr, sehr dünne Frau.

Die Jungfrau!, schoss es Hannes durch den Kopf und augenblicklich war ihm klar, dass er ihr in ihrer Not beistehen und sie retten musste. Gleichzeitig fürchtete er, zu spät gekommen zu sein, denn ihre Haut war so blass und kalt wie Marmor. Doch als er nach ihrem Puls tastete, stellte er fest, dass ihr Herz noch schlug. Jetzt sah er auch, dass ihre Brust sich regelmäßig, wenn auch schwach hob und senkte. Aber sie brauchte Wärme und etwas zu essen!

Sie reagierte nicht, als er sie anhob, um sie zu dem Bett zu tragen. Schlaff lag sie in seinen Armen. Ihr ausgezehrter Körper wog kaum mehr als eine Feder.

Sie zeigte auch keine Regung, als Hannes sie auf die Matratze legte und in die Decke hüllte. Ihr Zustand besorgte ihn ernsthaft. So ein tiefer Schlaf oder so eine tiefe Ohnmacht konnte nicht gesund sein. Aber was sollte er tun? Sich neben sie legen, um sie zu wärmen? Gar ihre Glieder reiben, um das Blut wieder zum Fließen zu bringen? Der Gedanke trieb ihm selber die Hitze ins Gesicht und er verwarf ihn gleich wieder. Was für ein entsetzliches Gefühl musste das sein – aufzuwachen und sich nackt in den Armen eines Unbekannten wiederzufinden. Vermutlich würde sie sich in dem Fall wünschen, der Drache hätte sie gleich gefressen! In eine solche Lage wollte er sie auf keinen Fall bringen. Daher war es allemal besser, er besorgte ihr ein Wärmflasche oder wenigstens ein paar warme Steine für die Füße. Etwas zum Anziehen wäre auch nicht schlecht. Und natürlich etwas zu essen.

Als Hannes vom Bett zurücktrat, stach ihn etwas in den Fuß. Er bückte sich, um nachzusehen.

Ungefähr an der Stelle, wo die Frau gelegen hatte, lag die winzige Statue eines Drachen. Sie war kaum fingerlang, aber so schwer, als wäre sie ganz aus Gold. Die Augen bestanden aus blitzenden Juwelen. Die nadelspitzen Krallen glänzten jettschwarz.

Staunend drehte Hannes das Kleinod zwischen den Fingern und entdeckte dabei immer neue Details – jedes einzelne so sorgfältig gearbeitet, dass er fast erwartete, die winzige Figur würde im nächsten Augenblick zum Leben erwachen. Es war ihm ein Rätsel, wieso etwas so Schönes und Kostbares auf dem Boden gelegen hatte. So etwas gehörte auf ein Regal oder in eine Vitrine, wo es gesehen und bewundert werden konnte.

In Ermangelung eines besseren Platzes stellte er

das Figürchen auf die Truhe neben dem Bett. Dort war es in Sicherheit und die Frau hätte den kleinen Drachen sofort vor Augen, wenn sie erwachte. Vielleicht würde der Anblick ihr ein Gefühl der Sicherheit geben.

Bei seiner Suche nach Kleidung und Essen stieß Hannes auf weitere Kostbarkeiten. Ein Teil davon war erwartbar, weil es Dinge waren, die in jedem Drachenhort zu finden sind. Die Gold- und Silbermünzen gehörten ebenso dazu wie der Schmuck und die Juwelen. Auch bei den Tellern, Schüsseln und Pokalen aus Edelmetall überraschte Hannes vor allem die Menge. Selbst, wenn man alle Häuser seines Dorfes durchsucht und jedes angestoßene Schälchen und jedes verkratzte Holzbrett zusammengetragen hätte, wäre es weniger gewesen als das, was der Drache geraubt hatte.

Aber in den Truhen und Schränken fand Hannes auch Kleidung. Roben aus Seide, Samt und schweren Brokaten, Tücher aus feinster Wolle, pelzverbrämte Mäntel und vieles mehr. Jedes der Stücke war einer Königin würdig, und je mehr er fand, desto größer wurde seine Verwunderung, dass die Frau ganz nackt gewesen war. Die größte Überraschung aber waren die Bücher. Es gab jede Menge davon und es gab sie in jeder denkbaren Ausstattung. Viele waren ganz schlicht, manche in gepunztes Leder gebunden und einige sogar mit Beschlägen verziert.

Was hingegen fehlte, waren Lebensmittel. In der Gemüsekiste lagen bloß ein paar Zwiebeln, dazu einige schon weiche Kartoffeln und eine einzelne, schrumpelige Möhre.

Kein Wunder, dass die Frau so dünn ist, dachte Hannes. Dieser Drache sorgte sehr schlecht für seine Gefangene, wenn er ihr Pelze beschaffte, aber nichts zu essen. Aber wenigstens heute sollte sie satt werden! Seine Wegzehrung war zwar beinahe aufgebraucht, zusammen mit dem Gemüse würden die Reste aber immer noch einen guten Eintopf ergeben.

Als das Essen fertig war, füllt er einen Teil davon in eine Schüssel, trug diese zum Bett. Die Frau schrak zusammen, als er sie an der Schulter berührte, beruhigte sich aber rasch und machte sich hungrig über den Eintopf her. Während sie aß, erzählt Hannes, wer er war und was ihn an diesen Ort gebracht hatte. Doch je länger er sprach, desto unglücklicher schien sie. Das verwunderte ihn sehr, denn eigentlich hätte die Kunde ihrer Rettung sie doch fröhlich stimmen müssen.

»Was ist?«, fragte er schließlich. »Freut Ihr euch denn gar nicht, von dem Drachen frei zu kommen?« Die Worte waren noch nicht ganz heraus, als er den möglichen Grund ihres Kummers erkannte. Daher setzte er hastig hinzu: »Ihr müsst mich auch gar nicht heiraten! Nicht, dass ich Euch nicht hübsch finde, aber ...« Er geriet ins Stottern, als er zu erklären versuchte, dass es ihm weder um Ruhm und Ehre, noch um die Hand einer Königstochter oder ein halbes Reich ginge. »Ich brauche Geld für die Pflege meines Vaters. Das ist alles«, versicherte er. »Und ob Ihr nun eine Prinzessin seid oder nicht, das ist ganz egal. Ihr seid mir nichts schuldig und könnt beruhigt Eurer Wege ziehen – wo auch immer sie hinführen.«

»Dann wärest du bereit, den Drachen leben zu lassen, wenn du auf andere Weise zu genug Geld kämest?«

Das war eine kniffelige Frage und es überraschte ihn, dass ausgerechnet sie, die Gefangene sie stellte. Hannes hatte gedacht, das Geld zu verdienen, indem er etwas Gutes täte. Nach allem, was er auf seinem Weg gehört hatte, zweifelte er inzwischen aber, dass der Drache so schrecklich war, wie der König behauptet hatte. Und trotzdem. Immerhin hatte er sein Wort gegeben.

Die Frau nickte, als er das sagte. »Ein Versprechen ist eine ernste Angelegenheit. Man sollte es nicht ohne Not brechen. Und dennoch ... Würdest du mich töten, um dein Wort zu halten?«

»Natürlich nicht!«, begehrte er auf. »Was soll die Frage? Ich bin Schuhmacher und kein Henker! So ein Versprechen hätte ich nie gegeben.«

»Doch, genau das hast du getan«, widersprach sie. »Unwissentlich zwar, und deshalb trifft dich keine Schuld. Aber tatsächlich hast du dem König genau das versprochen, denn wie er sehr gut weiß, bin ich der Drache.«

Das kam so überraschend, dass Hannes keine Erwiderung einfiel.

Sie jedoch sprach weiter: «Ich bin nicht nur der Drache, sondern auch die rechtmäßige Herrscherin des Landes. Der jetzige König ist ein Usurpator. Einst hat er um meine Hand angehalten, aber ich lehnte ab. Ich wollte noch nicht heiraten und ihn schon gar nicht, denn er galt als grausam. Es hieß, dass er sich der schwarzen Magie verschworen habe.«

»Und dann?«, fragte Hannes, der endlich seine Stimme wiedergefunden hatte.

„Er hat das Land verheert, meine Familie getötet und den Thron an sich gerissen. Mich aber wollte er leiden sehen. Nur deshalb ließ er mich leben. Mit

Hilfe seiner Magie bannte er mich in diese Statue dort.« Sie wies auf das Figürchen neben dem Bett.

Diese Statue, erzählte sie weiter, habe er immer bei sich gehabt und in seiner Nähe aufgestellt. In der goldenen Hülle eingeschlossen, konnte sie zwar sehen und hören, war aber vollkommen unfähig sich zu bewegen. Auch war es ihr unmöglich zu sprechen oder auf andere Weise auf sich aufmerksam zu machen. Ohnmächtig musste sie mitansehen, wie der Usurpator erst ihren Vater und dann die Mutter enthaupten ließ, denn das starre Metall ließ sie nicht einmal die Augen schließen. Ja, es versagte ihr sogar die Tränen.

Den ganzen Tag über blieb sie in der Statue eingeschlossen. Erst wenn die Sonne ganz hinter den Horizont gesunken war, fiel der Zauber von ihr ab und sie bekam ihre menschliche Form zurück. Allerdings blieb ihr Körper winzig. Klein, wie sie war, hätte sie jetzt leicht in einem Spalt zwischen den Dielenbrettern verschwinden können. Doch der Usurpator hatte Vorkehrungen gegen eine solche Flucht getroffen. Kurz bevor sich die Verwandlung vollzog, stellte er die Drachenfigur auf eine Säule in seinem Schlafgemach und stülpte einen Glassturz darüber.

»Damals konnte ich noch nicht zaubern«, erklärte die Prinzessin. »Und ich war viel zu schwach, um das schwere Glas zu bewegen. Er aber saß auf seinem Bett und lachte über meine Bemühungen, bis ich schließlich aufgab. Dann ließ er sich in die Kissen fallen und begann zu schnarchen. Für mich aber gab es kein Bett. Nicht einmal eine Unterlage.«

So ging es noch viele Jahre, in denen der Thronräuber sie auf jede erdenkliche Art demütigte, bis ein diebischer Diener ihr unwissentlich die Flucht ermöglichte. Der Mann war gerade erst in den Dienst des Usurpators getreten und wusste nichts über das Geheimnis der Drachenstatue. Doch kaum hatte er sie gesehen, wollte er sie besitzen und dieser Wunsch wuchs mit jedem Tag. Nur, dass der unrechtmäßige Herrscher die Figur immer noch wie seinen Augapfel hütete, verhinderte, dass er sie sofort einsteckte.

Die Gelegenheit zur Tat bot sich nach ein paar heißen Sommertagen. Der Herrscher hatte wegen der Hitze ein mehrere unruhige Nächte verbracht und war nach dem Mittagsmahl in seinem Sessel eingeschlafen. Der Diener, der gekommen war, um das Geschirr abzutragen, zögerte nicht. Er ließ das Figürchen in eine halbleere Sauciere plumpsen, stellte diese mit dem übrigen Geschirr auf den Servierwagen und rollte damit in Richtung Küche.

Dass er auf dem Weg das Soßenkännchen leer trank, erregte höchstens Neid aber keinen Verdacht. Das Personal wurde knapp gehalten und die Möglichkeit einer zusätzlichen Mahlzeit ließ sich niemand entgehen.

Doch dem Diener ging es nicht um das Essen. Er ließ die Drachenstatuette erst im Mund und später in einer Tasche seiner Livree verschwinden, bevor er sie in ein vorbereitete Versteck legte. Dort glaubte er sie sicher, bis sich eine Gelegenheit ergab, sie aus dem Palast zu schmuggeln.

Natürlich scheiterte sein Plan. Als der Usurpator erwachte, galt sein erster Blick wie immer der goldenen Drachenfigur. Als er sie nicht sah, schrie er nach der Wache, die den Diener festsetzte. Er wurde gefoltert, bis er gestand.

Zu dem Zeitpunkt befand sich die Statue aber längst nicht mehr in dem Versteck, denn der Geruch der Soßenreste, die immer noch zwischen ihren Schuppen, Krallen und Dornen klebten, hatte eine naschhafte Ratte angelockt. Um sich ungestört und in aller Ruhe an dem unerwarteten Mahl gütlich zu tun, zog sie das Figürchen durch einen Spalt in das Nest, das sie sich im Zwischenboden eingerichtet hatte. Was danach kam, war der unangenehmste Teil dieser Entführung. Die Prinzessin schauderte, als sie davon erzählte. Aber als die Ratte die Sauce auch aus der letzten Riefe geschleckt hatte, war Statue für sie nur noch ein kaltes, hartes Ding voller Spitzen. Nachdem sie sich ein paar Mal an den Dornen gepikt hatte, zerrte sie sie aus dem Nest und vergaß sie.

Diese Wendung der Ereignisse erwies sich als doppeltes Glück. Nicht nur, dass die Prinzessin ihrem Peiniger entkommen war. Das Nest der Ratte lag ausgerechnet unter den Bodendielen des Labors, das sich der Herrscher im Geheimen aufgebaut hatte. Hier stand der Athanor, der Spezialofen der Alchemisten. Hier gab es Destillen, Retorten, Sublimationsgefäße und alle für die Herstellung von Salben, Tränken und Tinkturen notwendigen Ingredienzen. Vor allem aber bewahrte der Herrscher hier seine Sammlung alchemistischer und magischer Schriften auf. Kurz gesagt: Der Zufall hatte die Prinzessin ausgerechnet an den Ort geführt, der ihr alle Mittel gab, um den auf ihr liegenden Fluch zu brechen.

Sie wäre dumm gewesen, diesen Umstand nicht zu ihrem Vorteil zu nutzen. Sobald die Sonne untergegangen war und sie ihre menschliche Gestalt zurückerlangte, schlüpfte sie aus ihrem Versteck und begab sich auf die Suche nach etwas, das den auf ihr liegenden Fluch brechen konnte. Sie las sich quer durch alle magischen Werke, derer sie habhaft werden konnte. Das war wegen ihrer geringen Größe kein einfaches Unterfangen. Oft brauchte sie Stunden, um ein Buch aus dem Regal zu ziehen und an der richtigen Stelle aufzuschlagen, und war am Ende zu erschöpft, das Gelesene zu verstehen.

Dennoch: Nach einem Jahr hatte sie gelernt, wie sie in menschlicher Gestalt ihre Größe ändern konnte. Das machte das Lernen einfacher. Nach drei weiteren Jahren fing sie an, die Zauber zu verstehen, die der böse König um die Drachenfigur gewirkt hatte. Sie zu lösen war ihr weiterhin unmöglich, aber sie begriff, wie sich die Größe der Figur ändern ließ und man ihr Beweglichkeit verlieh. Fortan war die Drachenstatue nicht mehr Gefängnis, sondern Rüstung. Kein Hieb und kein Stich durchdrang die goldene Hülle. Schwerter, Pfeile, Streitkolben, Äxte, Bratpfannen ... das alles prallte wirkungslos von ihr ab, ohne auch nur einen Kratzer auf der makellosen Oberfläche zu hinterlassen. Auch Feuer, heißes Öl, siedendes Wasser und Pech konnten ihr nichts anhaben. So rächte sich, dass der böse König die Drachenfigur unzerstörbar gemacht hatte, damit nicht einmal er selber ihr absichtlich oder aus Versehen Schaden zufügen konnte.

Von Wut und Rachedurst getrieben, nutzte die Prinzessin ihre neuen Fähigkeiten zuerst dafür, alles zu zerstören, was ihr vor das Maul und zwischen die Krallen kam. Nur den Usurpator mied sie, denn einer direkten Konfrontation fühlte sie sich noch nicht gewachsen. Auch das Labor ließ sie aus guten Gründen heil.

Nach etwa einer Woche gewann die Vernunft wieder die Oberhand. Die Prinzessin begriff, dass sie nicht im Schloss bleiben, sondern einen Ort finden musste, an dem sie ihre Studien ungestört fortsetzen konnte. Nur dann würde es ihr möglich sein, den Usurpator vom Thron zu stoßen, das Land von seiner Schreckensherrschaft zu befreien und das Unrecht zu rächen, das er ihr und ihrer Familie angetan hatte.

Fortan studierte sie nachts Landkarten und übte sich tagsüber im Gebrauch ihrer Flügel. Als sie dann eine Höhle fand, die ihr zusagte, begann sie, das Schloss systematisch zu plündern.

»Die Lage der Höhle ist ideal für meine Zwecke«, schloss sie ihre Erzählung. »Hier bin ich sicher, denn niemand kann sich ihr nähern, ohne dass ich davon erfahre. Also habe ich alles von Wert mitgenommen und hierher geschafft.«

»Aber wie kommt es, dass ich dich schlafend auf

dem Boden fand, wenn sich niemand nähern kann, ohne dass du davon erfährst?«, wollte Hannes wissen.

»Dich habe ich nicht für eine Bedrohung gehalten«, gab sie zu. »Und ich bin erschöpft. Ausgelaugt vom Studieren und dem ständigen Kampf.«

»Welchem Kampf?«, fragte Hannes und dachte an die Soldaten, die er am Königshof gesehen hatte. Sie hatten nicht wie Recken gewirkt, die freiwillig in den Kampf zogen. Auch der Pfad zur Drachenhöhle machte nicht den Eindruck, als bekäme die Prinzessin oft Besuch. Natürlich war da immer noch die Geschichte mit den hundert Rittern. Hannes wollte ihr nicht absprechen, dass sie einen wahren Kern hatte. Aber mittlerweile fragte er sich, ob es mehr als ein Kern war.

An der Antwort der Prinzessin erkannte er, dass sie nicht die Ritter gemeint hatte, sondern den Thronräuber. Sie erzählte von den Listen, zu denen er griff, nachdem ihm bewusst geworden war, dass er sie mit Waffengewalt nicht aufhalten konnte. Von zugemauerten Türen und Gittern an den Fenstern, die das Schloss einem Gefängnis gleichen ließen. Sie berichtete von verzauberten Netzen und anderen Fallen. »Jedes Mal musste ich einen Weg finden, seine Hindernisse und Fallen zu umgehen. Jetzt gerade ist es eine unsichtbare Kuppel, die er über das Schloss gestülpt hat.«

»Bist du deshalb so entsetzlich dünn?«, fragte Hannes. »Weil du die Keller und Speisekammern des Schlosses nicht mehr plündern kannst?«

Sie nickte. »Aber mein eigentliches Problem ist, dass ich den Fluch noch nicht brechen konnte, der mich bei Tag in einen Drachen verwandelt. In der Form kann ich mich nirgends sehen lassen, ohne eine Panik zu verursachen. So habe ich zwar Gold im Überfluss, aber keine Möglichkeit, es auszugeben. Und Stehlen liegt mir nicht. Die Menschen hier leiden genug unter der Tyrannei des Usurpators. Da kann ich sie nicht auch noch ausplündern.«

»Aber du musst essen!«

Sie lächelte. »Natürlich. Manchmal fliege ich in eins der entlegenen Dörfer. Eines, in dessen Nähe es Verstecke gibt, in denen sich ein Drache tagsüber verbergen kann. Dort hole ich mir zuweilen des Nachts einen Sack Rüben aus einer Scheune oder einen Käse aus einer Speisekammer.«

»Dann stiehlst du also doch? Aber warum ...« Er verstand nicht, warum sie für einen Käse oder paar Rüben riskierte, in menschlicher Gestalt erwischt zu werden, wenn sie sich als Drache eine fette Kuh oder ein paar Schafe von der Weide holen konnte.

»Auf keinen Fall!«, unterbrach ihn die Prinzessin empört. »Wenn ich etwas nehme, bezahle ich dafür. Ich lasse immer ein Goldstück zurück, um die unfreiwillige Gabe zu entgelten. Aber allzu oft kann ich es nicht tun, denn wenn die Menschen sich daran gewöhnen, Gold in ihren Scheunen zu finden, werden sie sich irgendwann auf die Lauer legen, um die Wichtel, Feen – oder was auch immer sie für die Spender halten – zu fangen. Deshalb muss ich mit dem Essen Maß halten. Und manchmal bedeutet das Hunger.«

Das erklärte ihre Magerkeit. Aber obwohl Hannes inzwischen nichts als Mitgefühl für die Prinzessin empfand, blieb ein letzter Zweifel an ihrer Geschichte. Dieser Zweifel war so hartnäckig und nagte so beharrlich an ihm, dass Hannes schließlich herausplatzte: «Aber du bist noch so jung. Und der König ist ein alter Mann. Seine jüngsten Kinder sind ungefähr so alt wie du. Wie kann das angehen?«

»Ich bin viel älter, als ich aussehe«, erklärte die Prinzessin. »Mein Körper altert nur so lange, wie ich meine menschliche Gestalt habe. Als Drache könnte ich vermutlich Jahrhunderte überstehen, denn in dieser Form kann mir die Zeit so wenig anhaben wie Feuer, Kälte oder Waffen.«

Sie stellte die inzwischen leere Schüssel neben sich und machte Anstalten, aufzustehen.

Hannes wusste, was jetzt kommen würde und senkte ergeben den Kopf. Es war sein freier Entschluss gewesen, sich dem falschen König anzudienen. Also war es ihr gutes Recht, ihn dafür zu töten. Nur um den Vater tat es ihm leid. »Bitte mach schnell«, bat er nur.

»Was?«, fragte sie. Doch als er es erklärte, fauchte sie ihn mit einer Mischung aus Wut und Traurigkeit an: »Sag' mal, spinnst du? Ganz abgesehen davon, dass ich bisher niemanden getötet habe: Warum sollte ich das wollen? Du hast mir nichts getan. Du hast keinen Versuch unternommen, die Situation auf irgendeine Weise auszunutzen. Im Gegenteil: Du bist freundlich und respektvoll gewesen. Du hast mir Essen gekocht und auch sonst nur Gutes getan. Wieso glaubst du, ich würde dich töten? Wie kannst du so schlecht von mir denken?«

»Wie ich so von dir denken kann? Was ist mit den hundert Rittern? Die hast du wohl nicht getötet?«

»Ach die!«, rief sie verächtlich. »Nein, die habe ich tatsächlich nicht getötet, sondern sie nur dahin gewünscht, wo der Pfeffer wächst. Wo auch immer das sein mag, es ist weit genug. Bisher hat es keiner ein zweites Mal versucht.« Sie dachte einen Moment nach, bevor sie hinzusetzte: »Umgekehrt muss ich dich jetzt aber auch fragen: Willst du mich jetzt, wo du mein Geheimnis kennst und weißt, dass ich der Drache bin, immer noch töten?«

Da schüttelte Hannes den Kopf. Er sähe ein, dass er das Versprechen unter falschen Voraussetzungen gegeben habe, und so dringend er das Geld für seinen Vater auch brauchte – es würde andere Möglichkeiten geben, es aufzutreiben.

»Natürlich gibt es die!«, entgegnete die Prinzessin und schwang sich nun ganz aus dem Bett. »Komm mit.«

Sie führte ihn in den Teil der Höhle, in dem sie ihre Schätze aufbewahrte. Der größte Teil davon lag im Dunklen und Hannes hatte vorher nur einen kurzen Blick darauf geworfen.

Jetzt bekam er die Gelegenheit, sich alles genau anzusehen, denn auf ein Wort der Prinzessin erglomm ein Licht und stieg als leuchtender Ball in die Höhe. Wie zur Antwort begann der Boden golden zu funkeln. Das Funkeln stammte von Münzen, die dort zu unordentlichen Haufen aufgeschichtet waren. Kelche und Kandelaber ragten wie Kuppeln und Türme aus diesen Hügeln, und zwischen allem glitzerten Schmuck und Juwelen.

»Nimm dir so viel, wie du brauchst. Es ist mehr als genug da«, sagte die Prinzessin, deren Stimme mit jedem Wort schwächer wurde. Gleichzeitig begann ihre Form zu zerfließen.

»Was ist mit dir?«, rief Hannes erschrocken. »Kann ich dir helfen?«

Die Antwort der Prinzessin war nur noch ein Flüstern: »Die Sonne geht auf. Mein Fluch erwacht. Ich muss wieder zum Drachen werden. Und schlafen.« Ihre letzten Worte verwehen wie ein Hauch. Dann war auch sie selber verschwunden. Einzig das Zauberlicht blieb zurück.

Hannes füllte seine Taschen mit Gold und Silbermünzen und machte sich auf den Rückweg.

Im Hinausgehen sah er die Drachenfigur auf dem Kopfkissen liegen. Sie hatte sich eingerollt und schien zu schlafen. Aber als er sich zum Abschied über sie beugte, öffneten sich die Lider über den smaragdenen Augen und der Drache hob langsam wie unter großer Anstrengung den Kopf.

»Ich kann dich mitnehmen«, sagte Hannes und streckte die Hand aus. »In meinem Dorf wärst du sicher.«

»Das bin ich hier auch«, erwiderte sie zu seiner

Überraschung. »Außerdem sind meine Bücher hier und die brauche ich. Noch. Aber etwas sagt mir, dass wir einander wiedersehen werden. Gib mir deine Hand!«

Er erwartete eine Art Handschlag von einer der winzigen Pranken. Doch sie machte keine Anstalten, ihn zu berühren, sondern blies nur sanft über seine Finger. Seine Haut begann zu prickeln.

»Was hast du getan?«, fragte er.

»Einen Zauber gewirkt – oder einen Segen, ganz wie du willst. Fortan soll jedes Werk, das du guten Herzens beginnst, gelingen, und jedes Goldstück, das du ausgibst, seinen Weg zu dir zurückfinden. So wirst du deinen Vater auch dann noch unterstützen können, wenn das Gold in deinen Taschen längst ausgegeben ist.«

So kehrte Hannes in sein Dorf und zu seinem alten Leben zurück. Er habe es sich anders überlegt, erzählte er jedem, der danach fragte. Er sei nun mal Schuster und kein Drachentöter. Und alle, allen voran sein Vater, stimmten ihm darin zu, dass das eine weise Entscheidung gewesen sei.

Auch weiterhin zog er niemanden vor, und wie zuvor reparierte er die Schuhe der Armen mit der gleichen Sorgfalt wie die der Reichen. Doch obwohl sein Vater nicht mehr arbeiten konnte, blieb genug Geld zum Leben und für Medikamente. Dafür sorgte der Zauber der Drachenprinzessin.

Hannes bedankte sich auf seine Weise: Einmal im Monat schickte er ein Paket mit Lebensmitteln ins Nachbarkönigreich und ließ es im Gebirge ablegen. Es kümmerte ihn wenig, dass diese Gewohnheit schnell zum Gegenstand von Spott und zahlreichen Gerüchten wurde, zumal keines davon auch nur in die Nähe der Wahrheit kam.

Auf diese Art lebten er und sein Vater noch mehrere Jahre glücklich miteinander, bis der Alte an einem schönen Frühlingstag ganz friedlich starb. Viele im Dorf erwarteten, dass Hannes nun in die Stadt ziehen würde. Aber sie erlebten eine Überraschung. Statt Haus und Werkstatt zu verkaufen, zahlte er seine Brüder aus und blieb. Er arbeitete weiter als Schuhmacher, bevorzugte niemanden und flickte die Schuhe der Armen mit gleicher Sorgfalt und Hingabe wie die der Reichen.

Hier endet das Märchen. Aber ich will doch erwähnen, dass eines Tages ein Herold ins Dorf kam und verkündete, der König des Nachbarreichs sei gestürzt worden. Eine Königin habe an seiner Stelle den Thron bestiegen. Sie suche nun einen Hofschuhmacher. Wer glaube, diesen Posten ausfüllen zu können, sei eingeladen, seine Kunst vorzuführen.

Was danach geschah, ob Hannes sein Dorf verließ, ob er die Drachenprinzessin wiedertraf, ob er Hofschuhmacher wurde oder etwas ganz anderes – das ist eine andere Geschichte und wird vielleicht an anderer Stelle erzählt werden.

Prinzessin Furiosa

Es war einmal vor gar nicht so langer Zeit, da lebte etwas südlich von hier eine Prinzessin. Ihre Eltern hatten ihr den Namen Furiosa gegeben, was in der dortigen Sprache so viel bedeutet wie Liebe zur Schlacht. Als das Mädchen heranwuchs, zeigte sich jedoch, dass kaum ein Name unpassender gewählt sein konnte. Die Prinzessin war ein freundliches Kind, das sich nichts aus Schwertern machte und Streit nach Möglichkeit aus dem Weg ging. Sie schwamm nicht gerne, hasste es, durch schnelle Bewegungen in Schweiß zu geraten und verabscheute den Wald, wo alles voller Moos, Schlamm und Käfer war. Allenfalls ließ sie sich überreden, an sonnigen Tagen durch den Rosengarten zu schlendern, um an den Blüten zu riechen oder im Schatten einer Laube zu lesen. Es bedarf daher kaum einer Erwähnung, dass sie sich nicht im Mindesten für Schwerter, Kanonen oder andere Waffen interessiert. Das Gleiche galt für die Kunst der Kriegsführung.

Die einzigen Schlachten, die sie begeisterten, waren die auf dem Schachbrett. Schachbretter und -figuren besaß Furiosa zuhauf und oft machte sie sich einen Spaß daraus, gegen ihre ganze Entourage gleichzeitig zu spielen. Genauso gerne saß sie im mit

Kissen weich gepolsterten Erker ihres Turmzimmers. Von dort ließ sie den Blick über die Landschaft schweifen, stickte, las oder lauschte der Musik und dem Klatsch ihrer Hofdamen. Außerdem liebte sie hübsche Kleider, gutes Essen, Bälle und andere gesellschaftliche Ereignisse.

Auch sonst entsprach Furiosa kein bisschen den Prinzessinnen, von denen sonst in Geschichten die Rede ist. Niemand wäre zum Beispiel auf die Idee gekommen, ihre Schönheit zu preisen. Sie stach aber auch nicht durch Hässlichkeit heraus. Tatsächlich wirkte sie ziemlich gewöhnlich: Sie war eher klein und ein bisschen untersetzt. Ihr mittelbraunes Haar war so glatt, dass keine Frisur darin hielt und so dünn, dass Zöpfe lächerlich aussahen. Daher trug sie es meist zu einem Pferdeschwanz gebunden. Das sah zwar auch nicht besser aus, wirkte aber ordentlich und hielt ihr die Strähnen aus dem Gesicht. Ohne ihre Seidenkleider und den teuren Schmuck hätte man Furiosa leicht übersehen oder für eine Dienerin halten können.

Trotzdem liebten der König und die Königin ihre einzige Tochter und taten alles, um sie glücklich zu machen. Auch Furiosa liebte ihre Eltern, und da sie ein freundliches Wesen hatte und Streit aus dem

Weg ging, lebten sie glücklich und zufrieden miteinander, bis Furiosa am Morgen ihres 18. Geburtstags verkündete, heiraten zu wollen.

Ihr Vater ließ die Teetasse fallen. Ihre Mutter verschluckte sich an ihrem Croissant. Fürsorglich sammelte Furiosa die Scherben zusammen und tupfte den Darjeeling mit ihrer Serviette auf, während der König seiner Gemahlin auf den Rücken klopfte.

»Aber Kind«, keuchte die Königin, als sich der Husten etwas gelegt hatte. »Wen? Und hast du dir das gut überlegt?«

»Du weißt, dass du nicht heiraten musst?«, assistierte der König. »Schon gar nicht so bald!«

»Wenn es nämlich um die Erbfolge geht«, fiel ihm die Königin ins Wort, »dann ist es völlig verfrüht, dass du dir darüber Gedanken machst. Wir haben längst entschieden, dass du unsere Thronfolgerin bist und es gibt überhaupt keinen Grund, diese Entscheidung zu ändern.«

»Das ist vollkommen richtig«, sekundierte der König. »Also komm' bitte nicht auf die Idee, uns jetzt schon zu Großeltern machen zu wollen. Genieß erst mal dein eigenes Leben!«

»Stopp!« Prinzessin Furiosa hob Einhalt gebietend die Hand, als ihre Mutter sich erneut zum Sprechen anschickte. »Ihr habt eure Meinung gesagt.

Nun lasst bitte auch mich ausreden. Vielleicht lösen sich eure Bedenken dann von allein in Luft auf.« Sie bedachte ihre Eltern mit liebevollem Blick.

»Ihr habt mich in dem Bewusstsein aufgezogen, dass eine Frau das Gleiche leisten kann wie ein Mann und beide daher gleiche Rechte haben sollen. Ihr habt mich bei allem unterstützt, was ich tun wollte. Vor allem aber habt ihr mich gelehrt, auf meine Urteilskraft zu vertrauen und meine eigenen Entscheidungen zu treffen. Dafür bin ich euch dankbar. Sehr sogar. Und genau das ist der Grund, weshalb ich heiraten will, denn es gibt einige Dinge, die zu denen ich nicht die geringste Lust verspüre. Ich habe zum Beispiel kein Bedürfnis, durch das Land zu reisen, um Gericht zu halten oder die Arbeit der Vögte zu inspizieren. Egal, ob man sich dabei auf dem Rücken eines Pferdes oder in einer Kutsche bewegt: Es ist im Sommer zu heiß, im Winter friert man sich Nase, Finger und Zehen ab, und auch die übrige Zeit hat man nichts als Ungemach. Ähnlich sieht es mit Kämpfen und Kriegen aus: Es ist ein lautes, schmutziges Geschäft, das ich verabscheue. Trotzdem ist es notwendig. Das ist mir bekannt – ich will es nur nicht selber übernehmen, zumal ich auch weiß, dass es andere dazu drängt, weil man Ruhm und Ehre damit verdienen kann. Mich aber dürstet nicht nach Ruhm oder Ehre, zumal sie zu erringen mit dem Risiko verbunden ist, seine Gesundheit oder gar sein Leben verlieren. An beidem hänge ich doch sehr und möchte sie daher gerne behalten, so lange es geht.«

»Verstehe ich das richtig? Du willst nur deshalb heiraten, um dich nicht um diese Belange kümmern zu müssen?«, fragte der König.

»Was heißt ‚nur‘? Es sind wichtige Aufgaben, die man nicht leichtfertig delegieren sollte«, erwiderte Furiosa. »Man muss jemanden finden, der sich darauf versteht und sie verlässlich versieht. Du müsstest doch wissen, wie schwer das ist. Um Gericht zu halten und Recht zu sprechen, reicht es nicht, die Gesetze zu kennen. Man muss auch zuhören, Wahrheit von Lüge trennen können und wissen, wann Gnade vor Recht walten muss. Wenn es um Kriegsführung geht, muss es jemand sein, der seinen Mut bewiesen hat. Jemand, der sich auf Strategie und Taktik versteht und von Offizieren, Mannschaft und möglichen Gegnern gleichermaßen respektiert wird.«

»Aber warum denn gleich heiraten«, riefen der König und die Königin wie aus einem Mund. »Es würde doch reichen, einen Vertrag ...«

Die Prinzessin schüttelte den Kopf. »Nein. Denn

der Ruhm eines solchen Menschen würde sich unweigerlich verbreiten, so dass jeder, der bei Verstand ist, versuchen würde, ihn abzuwerben. Ist er aber durch Heirat Teil der Familie, ist das nicht ganz so einfach.« Sie nahm ein Frühstücksei und köpfte es mit einer ebenso energischen wie eleganten Bewegung. »Genau aus diesem Grund erscheint mir eine Heirat nicht nur vernünftig, sondern geradezu unumgänglich.«

Ihre Eltern waren noch nicht vollständig überzeugt, aber Furiosa beharrte auf ihrem Vorhaben. Ein ums andere Mal wiederholte sie geduldig ihre Argumente, bis ihre Eltern schließlich einlenkten.

Schon ein paar Wochen später drehten sich die Gespräche nur noch darum, wie der passende Bewerber gefunden werden sollte. Auch zu diesem Punkt hatte sich die Prinzessin bereits Gedanken gemacht.

Auf keinen Fall, erklärte sie, dürfe man den Fehler begehen, diese Heiratspläne publik zu machen. Das zöge nur alle Arten von Glücksrittern an, denen es allein auf Status und Vermögen ankomme. Stattdessen schlug sie ein großes Turnier vor. »Es sollte Wettkämpfe in verschiedenen Sparten beinhalten. In jeder muss es Gewinne geben, die so verlockend sind, dass sie sogar Teilnehmer von weit her anziehen. Dazu Bankette, Bälle, Konzerte und andere Veranstaltungen, die es gestatten, sie alle näher kennenzulernen. Schließlich geht es nicht darum, irgendeinen Sieger zu küren. Ich will unter allen den Besten finden.«

Das Turnier fand im Mai des darauffolgenden Jahres statt und dauerte sieben Tage. Das Königspaar hatte weithin eingeladen und jeder Ritter, der etwas auf sich hielt, war der Einladung gefolgt.

Sämtliche Betten in den Gasthöfen der Umgebung waren belegt, manche gar doppelt. Um die Festwiese vor dem Schloss wuchs eine Zeltstadt wie ein Hexenring aus bunten Pilzen. Fahnen und Flaggen wehten über den seidenen Kuppeln. Wappengeschmückte Knappen und Pagen eilten durch die Gänge, polierten Harnische und putzten die Rosse, während ihre Herren im Festornat vor den Mauern promenierten oder sich auf die bevorstehenden Kämpfe vorbereiteten.

Auch viel Volk war gekommen: Jäger, Botenläufer und -reiter, aber auch honorige Bürgers- und Bauersleute aus der Umgebung. Nicht wenige von ihnen wollten an den niederen Wettkämpfen teilnehmen. Andere kamen, um den Kämpfern zuzujubeln oder das bunte Treiben zu bestaunen. Zwischen sie mischten sich Spielleute: Bärenführer, Jongleure und Bänkelsänger genauso wie Tänzer, Akrobaten und Geschichtenerzähler. Händler priesen honiggetränkte Kringel und andere Leckereien.

Abends wurden Bankette und Bälle abgehalten. Getanzt wurde aber auch auf der Festwiese, wo die Tafeln für die einfachen Leute standen. Hier drehten sich allzeit fette Kapaune, Spanferkel und sogar zwei Ochsen am Spieß und das Bier floss reichlich. Etwas ruhiger ging es in den Schlossgärten zu, wo man sich zu Geigenklängen auf rosengesäumten Wegen ergehen konnte. Wer es noch ruhiger wünschte, fand Zuflucht in einer der mit Lampions geschmückten Barken, die auf dem See unterhalb des Schlossbergs schaukelten.

Das Festprogramm war jedoch nur der glänzenden Rahmen für das großartigste und aufregendste Turnier, das das Königreich je gesehen hatte. Da wurden Lanzen im Buhurt und im Tjost gebrochen. Es gab Wettkämpfe im Ringen, Schwertkampf und mit Stabwaffen. Etwas abseits wurden lange Bahnen für die Bogenschützen, Armbruster, Schleuderer und Speerwerfer frei gehalten. Sogar an die Botenläufer und Meldegänger war gedacht, so dass auch sie auf verschiedenen Strecken ihre Schnelligkeit und Geschicklichkeit unter Beweis stellen konnten.

Prinzessin Furiosa besuchte so viele Wettkämpfe wie möglich, aber selbst wenn sie dem Turnier vollkommen fern geblieben wäre, hätte sie vom Bunten Hund gehört. Er war noch jung; einer der fahrenden Ritter, die ihren Lebensunterhalt mit Turnieren bestreiten. Seinen Namen hatte er von der zusammengestoppelten Ausrüstung. Teile davon waren offenbar schon lange vor seiner Geburt in Gebrauch gewesen, der Rest mehr nach Nützlichkeit und Preis denn nach Schönheit ausgewählt. Er ritt einen Klepper von gelblicher Farbe, der mehr Haare an den Beinen als an Schweif und Mähne zusammen hatte.

Zuerst begegnete man dem buntscheckigen Fremden mit kaum verhohlenem Spott. Doch als er gleich am ersten Tag des Turniers im Schwertkampf gegen einen der Favoriten gewann, wurde der Ton respektvoller. Als er dann die glänzenden Ritter der hohen Häuser gleich im Dutzend in den Sand schickte, ließ sich der Heermeister vernehmen, dass man diesen Jungen auf keinen Fall ziehen lassen sollte.

Auch Furiosas Hofdamen waren voll des Lobes. Charmant sei er. Witzig und voller Esprit. Überaus höflich und zuvorkommend, dabei aber sehr gesittet. Am bemerkenswertesten fanden sie jedoch, dass er seinen Namen nicht verraten wollte und zu jeder Tages- und Nachtzeit eine Maske trug. Niemand konnte ihn überreden, diese Maske abzunehmen.

Die Hofdamen stellten viele Mutmaßungen über die Gründe an. Kündete beides von einem tragischen Schicksal, das er erlitten hatte? Verbarg die Maske ein entstelltes Gesicht? Oder diente sie dazu, allzu bekannte Züge zu verbergen? Schützte sie einen guten Ruf oder einen kühnen Schurken? Prinzessin Furiosa beteiligte sich nicht an diesen Spekulationen. Aber als der Bunte Hund auch im Bogenschießen ein scharfes Auge bewies, beschloss sie, dass es Zeit war, ihn kennenzulernen.

Da er weder zum abendlichen Bankett noch zum anschließenden Ball erschien, machte sich die Prinzessin am folgenden Tag selbst auf die Suche. Nur von einer Hofdame begleitet, durchstreifte sie das Turniergelände und fragte jeden, der ihr begegnete, ob er den Bunten Hund kenne und wisse, wo er zu finden sei.

Die erste Frage wurde allgemein bejaht. Fast jeder kannte den Bunten Hund und beinahe alle, die ihm begegnet waren, rühmten ihn. Ein Mann erzählte, er habe seinen Jüngsten ganz plötzlich im Gewühl verloren. »Ich hatte große Angst, ihn nicht wiederzufinden, und als der Bunte von meiner Not erfuhr, half er suchen. Fast hätte er dadurch seinen Wettkampf verpasst!« Eine Greisin berichtete, wie sie nach einem Sturz aus dem Schlamm gezogen und auf sein Ross gehoben habe, ohne auf seine eigene Kleidung zu achten. Eine Schankwirtin rühmte, wie er den Streit zwischen zwei Trunkenbolden geschlichtet hatte. »Sie hatten schon Messer gezogen, da kam er. Und obschon sie keinem vernünftigen Rat mehr zugänglich erschienen, schaffte er es doch. Erst legten sie die Messer weg, dann ihren Streit bei. So einer ist er!«

»Aber wo finde ich ihn?«, fragte die Prinzessin jedes Mal. Und jedes Mal antworteten die Befragten, dass sie es leider auch nicht wüssten. Schließlich gab ein Botenläufer den Rat, es bei einem Unterstand in der Nähe zu versuchen, der sonst wandernden Schäfern als Schutz vor den schlimmsten Wetterunbilden diente. »Er hat seinen Zossen da abgestellt«, sagte der Junge. »Und obwohl den Gaul garantiert niemand klaut, ist er die meiste Zeit auch da, wenn nicht gerade ein Wettkampf ist.«

Die Auskunft des Botenläufers erwies sich als richtig. Der Bunte Hund war gerade damit beschäftigt, sein gelbes Pferd zu striegeln. Für diese Arbeit hatte er sein Wams abgelegt und trug nur ein weites Leinenhemd und Hosen, die schon bessere Tage an einem weitaus beleibteren Besitzer gesehen hatten. Neben den mächtigen Hinterbacken des hässlichen Pferdes wirkte seine Gestalt beinahe zart.

Mit einem Blick erfasste die Furiosa seine wenige Habe. Die zerbeulte Rüstung lag in einer Ecke. Daneben war eine Schlafmatte ausgerollt. Schwert, Schild und Lanze lehnten an der Wand. Aber wenn die Prinzessin gehofft hatte, das Antlitz des jungen Ritters zu Gesicht zu bekommen, sah sie sich getäuscht. Selbst hier trug er seine Maske.

»Was wollt Ihr?«, fragte er, nicht eben freundlich.

»Euch meine Aufwartung machen, da Ihr es ja offensichtlich nicht für nötig haltet, Uns mit Eurer Gesellschaft zu beehren«, gab sie zurück. »Daher wollte ich sicherstellen, dass Euch bekannt gemacht wurde, dass die Anwesenheit der Turnierteilnehmer bei den Bällen und Banketts nicht nur gestattet ist, sondern erwartet wird.« Sie musterte das grobe Hemd, das mehr nach einem Bauernkittel aussah und die schäbige, von einem Strick gehaltene Hose. »Wenn es Euch an angemessener Kleidung fehlt, lasse ich Euch etwas bringen.«

Er habe kein großes Interesse an Banketten und mache sich nichts aus Tänzen, erwiderte der Bunte

Hund. »Ich bin nicht zum Feiern hier, sondern um mir meinen Unterhalt zu verdienen.«

Selten war Prinzessin Furiosa so offen abgewiesen worden. Eigentlich hätte sie sich gekränkt fühlen müssen. Das Gegenteil war der Fall. Der Bunte Hund wollte sich einem Höherstehenden nicht andienen, obwohl es opportun gewesen wäre? Jetzt wollte sie ihn erst recht näher kennenlernen. »Wenn es Euch an Geld fehlt, seid Ihr vielleicht für Glücksspiel zu begeistern? Ihr könntet damit in kurzer Zeit sehr viel verdienen.«

»Oder verlieren«, gab er zurück. »Habt Dank, Hoheit, aber ich verlasse mich lieber auf Können und Verstand, denn auf Glück. Wenn Ihr eine Partie Schach vorgeschlagen hättet ...«

»Nur zu gerne«, fiel ihm die Prinzessin ins Wort. »Ich erwarte Euch heute abend nach dem Bankett im Teepavillon. Seid pünktlich. Dieses Mal lasse ich keine Ausrede gelten.«

Der Mond hing voll und buttergelb am Himmel, als der Bunte Hund die königlichen Gärten betrat. Der Klang von Lauten und Geigen mischte sich in den Gesang der Nachtigallen. Rosen und Lilien erfüllten die Nacht mit ihrem Duft. Ein livrierter Lakai geleitete ihn zu einem kleinen, etwas abseits gelegenen

Pavillon, der einer Pagode nachempfunden war. Das Innere war leer bis auf ein Tischchen und zwei zierliche Stühle. Auf dem Tisch wartete bereits das Schachspiel.

»Nehmt Platz, Herr! Die Prinzessin wird jeden Moment hier sein«, sagte der Diener und verbeugte sich tief. »Möchtet Ihr in der Zwischenzeit etwas trinken?«

Der junge Ritter verneinte. Gerade, als er zu einer Erklärung ansetzte, dass er sich nichts aus Alkohol und anderen Mitteln mache, die die Sinne vernebeln, und er überdies für die bevorstehende Partie einen klaren Verstand brauche, rauschte die Prinzessin durch die Tür. Sie wischte die Einwände des Bunten Hundes mit einer Handbewegung beiseite und wies den Diener an, Wein einzuschenken.

»Ihr seid nicht mehr auf dem Turnierplatz«, sagte sie. »Heute Abend geht es ausschließlich darum, sich zu amüsieren. Deshalb sollt Ihr wenigstens einmal mit mir anstoßen! Es soll Euer Schaden nicht sein.« Sie hob ihr Glas und prostete dem jungen Ritter zu. »Auf Euer Wohl und Eure Gesundheit! Ihr seid wahrscheinlich der ungewöhnlichste Mensch, der mir je begegnet ist und ich würde mich freuen, Euch näher kennenzulernen.«

Ihr war, als würde der Bunte Hund bei diesen

Worten erröten. Ganz sicher war sie sich jedoch nicht, denn er trug wie immer seine Maske. »Lasst uns spielen!«, sagte sie leichthin und setzte sich. »Als mein Gast und Herausgeforderter dürft Ihr beginnen.«

Er erwies sich als würdiger Gegner. Trotzdem gewann sie. Natürlich bot sie Revanche an. Es hätte sie enttäuscht, wenn er ausgeschlagen hätte. Aber das tat er nicht. Die zweite Partie zog sich länger hin als die erste und obwohl Prinzessin Furiosa ihrem Namen dieses Mal alle Ehre machte, widerstand die Verteidigung des Bunten Hundes. Mehr noch: Während sie sich ganz auf den Angriff konzentrierte, schlüpfte einer von seinen Bauern durch ihre Linien. Als Prinzessin Furiosa ihn bemerkte, war es längst zu spät, ihn aufzuhalten. Ein solcher Schnitzer war ihr lange nicht unterlaufen. Sie konnte zwar immer noch auf einen Sieg hoffen – aber nur, wenn der Bunte Hund das Naheliegende tat und den Bauern in einen Turm oder eine Dame verwandelte. Das waren zwar die stärksten Figuren im Spiel, aber manchmal ist reine Stärke zu wenig. In dieser Stellung hätte Furiosa sich gegen einen direkten Angriff verteidigen und wenigstens ein Remis halten können. In einem Winkel ihres Herzens hoffte sie jedoch, der Bunte Hund werde nicht das Naheliegende, sondern das taktisch Richtige tun.

Er enttäuschte sie auch dieses Mal nicht. Zu ihrem Schrecken und ihrer Freude ignorierte er Turm und Dame und wählte einen Springer. Sieben Züge später gab Prinzessin Furiosa auf, weil das Matt nicht mehr zu verhindern war.

Als sie dem jungen Ritter die Hand hinhielt, um ihm zu seinem Sieg zu gratulieren, merkte sie, dass er nicht nur das Spiel gewonnen hatte. Er besaß alle Fähigkeiten, die der Mensch an ihrer Seite besitzen musste. Davon hatte sie sich während des Spiels durch geschickte, als munteres Geplauder getarnte Fragen überzeugt. Aber da war noch etwas. Etwas, das ihr Herz höher schlagen ließ.

»Willst du mich heiraten?«

Er schrak zurück. »Das ist ausgeschlossen.«

»Warum?«

»Fragt nicht, Hoheit«, bat er. „Belasst es dabei, dass es vollkommen unmöglich ist.«

Natürlich fragte sie trotzdem. »Ich muss es wissen«, beharrte sie. »Du kannst es mir ins Ohr flüstern. Wenn es ein Geheimnis ist, ist es bei mir sicher.«

Schließlich lenkte er ein. Sein Atem kitzelte warm auf ihrer Haut, als er ihr seine Gründe ins Ohr hauchte. Prinzessin Furiosa lachte. »Das ist alles?«

»Reicht das nicht?«

»Das heißt: Wenn es kein Hindernis wäre, würdest du mich heiraten.«

Der Bunte Hund nickte. Dieses Mal war sich Prinzessin Furiosa sicher, dass er errötete.

»Dann lass mich nur machen!«

Drei Tage später fand die Siegerehrung statt. Den ganzen Vormittag stand Prinzessin Furiosa auf einem eigens dafür errichteten Podest, überreichte den Siegern ihre Preise und sprach anerkennende Worte. Als Letztes ließ sie sich einen goldenen Pokal bringen, der mit Perlen und Edelsteinen besetzt war. Noch ein Pokal, obwohl doch alle Sieger bereits gekürt und geehrt seien? Sofort setzte Getuschel darüber ein, für wen dieser Preis bestimmt sei.

»Dieser Pokal«, verkündete der Herold mit weithin schallender Stimme und das Tuscheln erstarb. Gespannte Erwartung senkte sich auf die Ränge. Prinzessin Furiosa trat vor und hielt den Pokal in die Höhe. Die Sonne fing sich in den Edelsteinen und ließ sie in grün-violettem Feuer leuchten. Ungerührt sprach der Herold weiter: »Dieser Pokal ist ein Sonderpreis, mit dem Prinzessin Furiosa einen Teilnehmer ehren will, der nicht nur auf dem Turnierfeld, sondern auch sonst Ruhm und Ehre erlangt und sich so als wahrer Ritter erwiesen hat!«

Das Publikum jubelte, als nach dieser Rede der Bunte Hund das Podest betrat und vielleicht war das die größte Auszeichnung: dass ihm niemand diese Ehre neidete. Niemand hegte Groll im Herzen oder dachte insgeheim, dass die Welt ungerecht sei und dieser Preis einem anderen oder ihm selbst eher gebührte. Vielmehr freuten sich alle für und mit ihm und stimmten überein, wenn jemand so eine Auszeichnung verdiene, dann dieser hochherzige junge Ritter.

Der Jubel dauerte an, als Prinzessin Furiosa den Pokal überreichte, und übertönte einen Großteil ihrer Worte. Nur der letzte Satz fand weithin Gehör: »Und nun erweist uns allen die Ehre, den Helm und die Maske abzulegen, damit wir Euer Gesicht sehen können!«

Ihren Worten folgte keine Stille, sondern erneuter Applaus, denn die Frage, wer sich hinter der Maske verbarg, beschäftigten längst nicht nur Furiosas Hofdamen. Es waren die verschiedensten Gerüchte im Umlauf. Daher beugten sich alle vor, um eine bessere Sicht zu bekommen und als jemand in der Menge "abnehmen!" schrie, stimmte das gesamte Publikum in den Ruf ein.

Der Bunte Hund zögerte einen Moment. Dann setzte er den Helm ab. Ein Raunen ging durch die Ränge, denn darunter kam das Gesicht einer wunderschönen Frau mit veilchenblauen Augen zum Vorschein, deren Haar in Glanz und Farbe mit dem Gold des Pokals wetteiferte.

Noch bevor das Publikum sich von der Überraschung erholt hatte, hatte Prinzessin Furiosa schon die Hand der Dame ergriffen und sie zu dem Ehrenplatz auf der Tribüne geführt, auf dem ihre Eltern saßen. »Lieber Vater, liebe Mutter«, rief sie. »Darf ich euch Rosamunde vorstellen? Ihre Familie hat sie verstoßen, weil sie widerspenstig war, zu viele Widerworte gab und eine viel größere Liebe zum Reiten, Reisen und Kämpfen verspürte als zum Umgang mit Nadel und Faden. Aber Rosamunde verkörpert alles, was mir an einem Partner wichtig ist, und deshalb will ich sie heiraten.«

Auf dem großen Platz wurde es so still, dass man den König nach Luft schnappen hörte. Hilflos öffnete und schloss er den Mund, während die Königin auf ihr einziges Kind herabstarrte und ebenfalls kein Wort herausbrachte. Schließlich fing sich der König genug, das absolut Offensichtliche in Worte zu fassen: »Aber ... sie ist eine Frau!«

Da lachte Prinzessin Furiosa und erwiderte: »Wo

ist das Problem, lieber Vater? Ihr habt mich gelehrt, dass eine Frau alles tun kann, was ein Mann tun kann. Und wer wollte es einem Mann verwehren, eine schöne junge Frau zu heiraten? Außerdem ist Rosamunde alles, was ich nicht bin. Wir ergänzen einander, wie es besser nicht sein könnte. Und wir lieben uns.«

So geschah es, dass Prinzessin Furiosa die schöne Rosamunde, genannt der Bunte Hund, heiratete. Und wenn sie nicht gestorben sind, dann leben sie noch immer und lieben einander wie am ersten Tag.

Dunkelschön

oder :

Die verschwundene Kiste

Es war einmal vor langer Zeit, da lebte in einem weit entfernten Land eine Königin, die war so unfassbar reich, dass die Gewölbe unter ihrem Schloss nicht ausreichten, um alle ihre Schätze aufzunehmen. Man sollte meinen, sie habe irgendwann den Überblick verloren. Aber nichts da! Diese Königin wusste nicht nur auf Heller und Pfennig genau, wie viel Silber und Gold sie besaß, sondern sie kannte auch jeden Pokal, jedes Schmuckstück und jeden Edelstein. Selbst aus dem Tiefschlaf gerissen, hätte sie das Aussehen und den Wert von jedem einzelnen Stück benennen und sagen können, wo es zu finden war.

Jeden Morgen beim Frühstück ließ sie sich von ihrem Schatzkanzler eine Liste der Einnahmen des vorangegangenen Tages vorlegen. Jeden Abend überzeugte sie sich bei einem Gang durch die Zimmer und Kammern ihres Schlosses davon, dass sich jedes Stück an seinem Platz befand. Erst, wenn das geschehen war, konnte sie ruhig schlafen.

Könnt ihr euch die Aufregung vorstellen, als eines Tages plötzlich eine Kiste fehlte? Nicht irgendein Schmuckkästchen, sondern eine riesige, bis an den Rand gefüllte Schatztruhe. Das Gold darin hätte gereicht, um ein ärmeres Königreich zu kaufen – oder wenigstens eine sehr reiche Grafschaft. Aber das Bemerkenswerteste an diesem Diebstahl war, dass er nach menschlichem Ermessen gar nicht stattgefunden haben konnte.

Die Truhe hatte im untersten Teil der Schatzgewölbe des Schlosses gestanden, jenem geheimen System aus Stollen und Kammern, das noch unterhalb der normalen Keller tief in den Fels getrieben worden war.

Wer diese Gewölbe geschaffen hatte und zu welchem Zweck, war längst vergessen. Man munkelte etwas von Zwergen, die vor langer Zeit hier gelebt hatten. Von einem Zwergenkönig ohne Erben und einem großzügigen Geschenk an den Ur-Ur-Ur-Ur-Urgroßvater der Königin. Aber es gab noch andere, weit düsterere Legenden. Für diese Geschichte spielt keine davon eine Rolle. Ich erzähle davon nur, um zu zeigen, dass sich die Truhe wirklich weit unter der Erde befand; an einem Ort, an den nie auch nur ein Funken Tageslicht drang, denn in den Schatzgewölben gab es weder Fenster noch Lichtschächte.

Sie waren nur über einen einzigen Zugang zu erreichen, und der befand sich hinter einer Tapetentür im Speisezimmer der Königin. Von dort führte ein langer, schmaler und überaus düsterer Gang zu einem Schacht, in dem man mit einer Gondel in die Tiefe fahren konnte. Wenn man überlebte. Gang, Schacht und Gondel waren nämlich mit Fallen gespickt, die unbefugte Eindringlinge töten sollten. Nur, wer die Tapetentür im Speisezimmer auf die richtige Weise öffnete und gewisse Stellen am Boden mied, erreichte unbeschadet die Sohle des Schachts.

Damit hatte man allerdings immer noch keinen Zugang zu den Schatzgewölben. Um den zu bekommen, musste man erst eine weitere Tür öffnen – und was für eine! Stark wie ein Burgtor war sie, ganz aus Eisen und mit einem Zauberschloss versehen, für das es nur einen einzigen Schlüssel gab. Den trug die Königin Tag und Nacht bei sich, ohne ihn je aus der Hand zu geben.

Ein Dieb hätte also der Königin den Schlüssel abnehmen, ihn kopieren und unbemerkt zurücklegen müssen, um sodann die Tapetentür zu öffnen, die Fallen zu überwinden und die Tür zum Schatzgewölbe aufzuschließen. Schwierig, aber nicht unmöglich, sagst du? Nun, das mag stimmen. Einem besonders geschickten Dieb hätte dieses Kunststück gelingen können. Aber selbst ein Meisterdieb hätte die Truhe niemals bewegen können. Schon im leeren Zustand bedurfte es mehrerer Männer, sie anzuheben, denn sie bestand aus solidem, mit Eisenbändern beschlagenem Eichenholz. Mit Gold gefüllt, hätte sie wie mit dem Boden verwachsen sein müssen.

Du siehst: Eigentlich war ein solcher Diebstahl unmöglich durchzuführen. Und doch war die Truhe mitsamt dem Gold verschwunden. Nur der Umriss auf dem Boden bewies, dass es sie gegeben hatte.

Die Königin tobte. Und weil sie ein Ziel für ihren Zorn brauchte, richtete sie ihn auf ihren Schatzkanzler.

Das war äußerst ungerecht, denn der Schatzkanzler war eine treue, im Dienst ergraute Beamtenseele. Niemand, der seine fünf Sinne beisammen hatte, hätte ausgerechnet ihn einer solchen Tat verdächtigt. Seine aufrechte Gesinnung, seine Gewissenhaftigkeit und seine Ergebenheit gegenüber der Königin waren allgemein bekannt. Außerdem musste man ihn nur ansehen, um zu wissen dass der gute Mann kaum genug Kraft besaß, das schwere Hauptbuch anzuheben, in dem er die Einnahmen und Ausgaben des Reichs verzeichnete.

Allgemein bekannt war aber auch, dass man der Königin besser nicht in die Quere kam, wenn sie in schlechter Stimmung war. Daher senkten alle übrigen Anwesenden nur betreten die Köpfe, als sie den armen Schatzkanzler einen nutzlosen Halunken nannte. Niemand wagte, ihr zu widersprechen, als sie ihm androhte, werde Stellung, Haus und Vermögen verlieren, wenn es ihm nicht gelänge, ihr Gold binnen drei Wochen wiederzubeschaffen.

»Ich werde deine Familie in die Wüste jagen lassen. Mit nichts, als dem, was sie am Leibe tragen«, versprach sie mit einer Stimme, die selbst die marmornen Wände des Palasts zum Zittern brachte. »Du aber wirst geköpft werden und dein abgeschlagener Kopf wird am Stadttor jenen als Warnung dienen, die es auf mein Gold abgesehen haben oder solche Gelüste unterstützen.«

Der Schatzkanzler setzte zu einer Erwiderung an, doch sein Entsetzen war so groß, dass ihn Verstand und Beredsamkeit verließen. Zitternd und hilflos mit den Armen rudernd stand er da, stammelte Satzfetzen und sinnlose Worte, bis es der Königin zu viel wurde. »Deine Zeit läuft«, fuhr sie ihn an. »Wenn du sie damit vergeudest, wie ein alter Karpfen nach Luft zu schnappen, kann ich die Sache beschleunigen und gleich den Henker rufen.«

Da raffte der Schatzkanzler seine letzten Kräfte zusammen, verbeugte sich und rannte aus dem Palast, so schnell ihn seine zitternden Beine zu tragen vermochten.

Was die Königin in der Folgezeit tat, ist nicht überliefert. Der Schatzkanzler aber schloss sich in seinem Arbeitszimmer ein und war an diesem Tag für niemanden zu sprechen. Nicht für seine Frau, nicht für seinen Sohn und auch nicht für seine beiden Töchter, die er über alles liebte.

Da diese Töchter noch eine wichtige Rolle spielen werden, will ich sie kurz vorstellen, bevor es mit der eigentlichen Geschichte weitergeht: Sie waren Zwillinge, aber so unähnlich wie Geschwister nur sein können. Die eine wurde mit dunkler Haut geboren. Ihr Haar war schwarz und ihre Augen hatten die Farbe einer mondlosen Nacht. Die andere hatte helle Haut, goldblondes Haar und Augen so blau wie der Morgenhimmel. Und weil sie verschieden waren wie Tag und Nacht, nannte man die Ältere Dunkelschön und die Zweitgeborene Sonnenglanz.

Sonnenglanz war klein, von runder, weicher Gestalt. Sie liebte Gesellschaft, Tanz und Musik und füllte das Haus mit Gesang und Gelächter. Dunkelschön hingegen war ruhig und in sich gekehrt. Sie nähte, spann und stickte mit Hingabe, schätzte die Gesellschaft von Büchern und wirkte oft, als schweiften ihre Gedanken in andere Sphären. Dennoch war sie eine gute Beobachterin, die vieles sah und hörte, was anderen entging.

Es gäbe noch vieles mehr über die beiden zu erzählen. Aber da nichts davon für diese Geschichte von Belang ist, will ich eure Geduld nicht länger auf die Probe stellen. Lasst mich also auf den Vater, den Schatzkanzler zurückkommen.

Einen Tag weinte er, und seine Frau, seine Kinder und alle Bediensteten weinten ebenfalls, denn die Kunde vom Diebstahl und den Drohungen der Königin hatte sich mit der Geschwindigkeit eines üblen Geruchs verbreitet. Als er keine Tränen mehr hatte und seine Stimme vom Schluchzen heiser geworden war, versank er in dumpfer Schwermut.

Weil kein Laut mehr aus seinem Zimmer drang, fürchten die, die ihn liebten, ernstlich, er könne sich etwas angetan haben, und je länger das Schweigen andauerte, desto größer wurde ihre Angst. Aber eben, als seine Frau nach einer Axt rief, um die Tür aufzubrechen und sich Gewissheit zu verschaffen, öffnete der Schatzkanzler selber.

Er wirkte so greisenhaft und gebrochen, dass er der Familie zuerst wie ein Fremder erschien. Sein Haar war in der kurzen Zeit weiß geworden. Seine Augen lagen tief in den Höhlen und seine Stimme war kaum mehr als ein heiseres Krächzen. Dennoch wischte er alle Mitleidsbekundungen und gut gemeinten Worte beiseite und verlangte, den Kommandanten der Stadtwache zu sprechen. »Ich habe schon zu viel Zeit vertan«, flüsterte er. »Wenn ich euer und mein Leben retten will, wird es höchste Zeit, diesen Dieb zu fassen.«

»Die Stadtwache wird hier nicht helfen können«, wandte Dunkelschön ein. »Sie ...«

Aber ihr Vater wollte nicht hören. Daher geschah, was Dunkelschön vorhergesehen hatte: Der Kommandant erklärte, es sei nach menschlichem Ermessen schon unmöglich, diese Truhe zu bewegen. Noch unmöglicher sei es, sie durch eine Tür zu bringen, zu der nur die Königin den Schlüssel besitze. Sie auch noch unbemerkt aus einem belebten Schloss hinauszutragen, sei ganz und gar undenkbar. Im Grunde könne niemand diesen Diebstahl begangen haben. Aber einen Diebstahl, den niemand begehen könne, könne die Stadtwache weder verhindern noch aufklären.

Das Geräusch der hinter ihm zuschlagenden Tür traf Dunkelschön dennoch wie ein Schlag. Eine Hoffnung weniger, sagte sie bei sich. »Nicht, dass wir viel Hoffnung hätten. Und die Zeit ist gegen uns.«

»Aber was sollen wir tun?«, fragte Sonnenglanz, die mit ihr gelauscht hatte.

»Achte du auf Vater und Mutter«, entgegnete

Dunkelschön und griff nach ihrem Umhang. »Ich rede mit der Königin.«

Der Mut der Verzweiflung brachte sie bis vor den Thron, um der Königin das zu sagen, was sie vom ersten Moment an gedacht hatte: »Majestät, wir brauchen eine Hexe.«

Die Königin musterte das vor ihr stehende Mädchen lange und fragte schließlich: »Eine Hexe? Wie kommst du darauf?«

»Wenn die Truhe fort ist, obwohl es ganz und gar unmöglich war, sie zu stehlen, kann sie nur durch Zauberei oder durch Hexenwerk weggekommen sein«, erklärte Dunkelschön. »Damit kennen wir den Täter zwar immer noch nicht und es lässt sich auch noch nicht genau sagen, wie dieser Diebstahl tatsächlich ausgeführt wurde – aber wer könnte über beides besser Auskunft geben als eine Hexe oder ein Zauberer?«

Die Königin sann einen Moment über die Worte nach. Dann sagte sie: »Deine Schlussfolgerungen sind verwegen, aber vernünftig. Doch Hexen und Zauberer sind dieser Tage rar gesät und leben meist gut versteckt. Wo also willst du in der Kürze der verbleibenden Zeit einen solchen Rat bekommen?«

Dunkelschön hatte gehofft, die Königin würde aus

Einsicht oder Erbarmen einen Aufschub der gesetzten Frist gewähren. Doch sie hatte bereits Erkundigungen eingezogen und konnte so berichten, dass keine drei Tagesritte entfernt eine Hexe hause, deren Name zwar nur hinter vorgehaltener Hand gewispert, deren Ergebnisse aber allseits als herausragend beschrieben wurden. »Wenn Ihr gestattet, Majestät, mache ich mich gleich morgen auf den Weg zu ihr.«

In eben diesem Moment betrat der Schatzkanzler in den Thronsaal. Er warf sich der Königin zu Füßen und bat um Verzeihung für die Anmaßung seiner Tochter: »Diese Tollkühnheit entsprang nur ihrer jugendlichem Unbedarftheit! Hätte sie auf mich gehört ...«

»Die Vorschläge deiner Tochter waren das Vernünftigste, was mir in dieser Sache bisher zu Ohren gekommen ist«, unterbrach ihn die Königin kühl. »Daher bin ich sehr froh, dass sie sich nicht damit aufgehalten hat, dich um Erlaubnis zu bitten.«

Der Schatzkanzler geriet ins Schwitzen, als er an die Gefahren dachte, die zwischen der Stadt und dem Turm lagen, in dem die Hexe hauste. Da waren zunächst Wälder voll namenloser Schrecken, die man durchqueren musste. Dahinter lag das Tiefe Fenn, ein bodenloser Sumpf – und mittendrin der

Hexenturm. Nur ein schmaler Pfad führe dorthin, hieß es. Wer den verlasse, sei unrettbar verloren. Der größte Schrecken aber sei die Hexe selber. Der Gedanke, seine Tochter diesem Scheusal auszuliefern, zerriss dem Schatzkanzler das Herz.

»Ihr dürft nicht zulassen, dass sie diese Frau aufsucht!«, flehte er. »Sie ist doch noch ein Kind!«

Die Königin zuckte mit den Schultern. »Sie oder du – wer geht, ist mir egal, so lange ich nur mein Gold zurückbekomme.« Sie sagte nicht, was sonst geschehen würde, aber das war auch gar nicht nötig.

Noch in der selben Stunde ließ der Schatzkanzler sein Pferd satteln und brach auf. Er war kein guter Reiter, aber er gab sein Möglichstes und trieb sein ebenfalls in die Jahre gekommenes Ross zu Höchstleistungen an.

Der Ritt ging durch Schluchten, die so tief in die Erde schnitten, dass kaum ein Sonnenstrahl je den Grund erreichte. Durch Wälder aus seltsam gekrümmten Bäume, die untereinander zu wispern und mit langen, dürren Reisigfingern nach dem Reisenden zu greifen schienen. In den Ästen dieser merkwürdigen Bäume saßen Wesen mit großen, glühenden Augen und zwischen ihren Stämmen waberten selbst am Tage Nebelschwaden, in denen es huschte, raschelte und knackte, dass der arme Schatzkanzler nicht einmal wagte, ein Nachtlager aufzuschlagen.

Doch obwohl er jeden Moment meinte, der nächste Augenblick sei sein letzter, erreichte er am Mittag des dritten Tages unbeschadet den Saum des Waldes. Jetzt, da er sich in Sicherheit wähnte, wollte er wenigstens eine kurze Pause einlegen, denn er war genauso erschöpft wie sein Pferd. Aber gerade, als er absteigen wollte, begann es zu regnen. Die ersten Tropfen waren noch so fein, dass sie sich wie Staub anfühlten. Kein Grund zur Sorge, nur ärgerlich. Jedoch zog sich der Himmel rasch zu. Der Regen wurde stärker. An eine Pause war unter diesen Umständen nicht zu denken.

In der Hoffnung, den Turm der Hexe zu erreichen, bevor das Unwetter mit voller Wucht über sie hereinbrach, spornte der Schatzkanzler seinen Braunen zu einer letzten Kraftanstrengung an. Doch mit jedem Schritt schienen die Tropfen zu wachsen.

Bald war der Mantel des Schatzkanzlers durchweicht und er selber bis aufs Hemd durchnässt. Das Wasser klebte ihm die Haare an den Schädel. Es rann ihm über die Stirn in die Augen und nahm ihm die Sicht. Es troff aus der Mähne seines Pferdes und strudelte um dessen Hufe. So stark war dieser

Regen, dass auch der schmale, gewundene Pfad, dem er bis hierher gefolgt war, unter den Wassermassen verschwand.

Der Schatzkanzler tat das einzig Vernünftige: Er brachte sein Pferd zum Stehen und sah sich um. Hinter den Regenschleiern erahnte er eine weite Landschaft aus Tümpeln, Gras, Gestrüpp und abgestorbenen Bäumen. Vom Turm der Hexe war jedoch ebenso wenig zu sehen wie von dem Pfad, der dorthin führte. Wie also diesem Pfad folgen? Inzwischen reichte das Wasser dem Braunen schon bis an die Fesseln, ohne dass eine Aussicht auf ein Ende des Regens bestanden hätte. Ganz im Gegenteil: War es bisher noch windstill gewesen, kam nun Sturm auf. Schwere, schwarze Wolken trieben über den Himmel. In der Ferne grollte Donner.

Dem Schatzkanzler blieb nichts anderes übrig, als abzusteigen und sich langsam Schritt um Schritt vorzutasten, wobei er jedes Mal die Festigkeit des Bodens mit dem Fuß testete, bevor er es wagte, sein ganzes Gewicht darauf zu verlagern. Schon nach wenigen Schritten war er Sturm und Regen zum Trotz schweißgebadet. Bei jedem Schritt fürchtete er, dass sein Pferd scheuen oder vom Pfad abkommen und sie beide ins Verderben reißen könnte. Aber der Braune folgte. Müde zwar und mit gesenktem Kopf, aber so unbeirrt, als existierte das tobende Inferno um sie herum allein in der Einbildung des Schatzkanzlers.

Endlich sah er ein Licht durch die Regenschleier schimmern. Der Boden stieg an. Das Wasser, das ihm zeitweise bis zu den Knien gereicht hatte, ging zurück. Auch der Regen ließ nach. Der Sturm legte sich. Und als der Schatzkanzler den Fuß des mächtigen Turms erreichte, der mitten im Sumpf aufragte, schien schon wieder die Sonne.

Die Hexe saß in einem Lehnstuhl neben dem Eingang. Der Schatzkanzler hatte erwartet, dass sie aufstehen und ihn begrüßen würde. Doch die Hexe tat nichts davon, sondern sah ihn nur unverwandt an – die Lider halb über den goldenen Augen geschlossen. So regungslos, wie sie dasaß, erinnerte sie ihn an eine fette Kröte. Den Schatzkanzler verdross das sehr, denn er war Respekt, wenn nicht sogar Unterwürfigkeit gewohnt. Die Hexe schwieg jedoch auch noch, als er schließlich vor ihr stand. Nur ihr breiter Mund verzog sich vor Missbilligung.

So war es schließlich der Schatzkanzler, der das Schweigen brach, indem er einen Gruß stammelte und um Obdach bat, weil ihm das Wetter so zugesetzt habe.

Die Hexe nickte. »Das Wetter kann einem hier schon übel mitspielen«, bestätigte sie. »Aber Ihr wollt mir doch nicht erzählen, dass ihr den weiten Weg gemacht habt, um mit mir über das Wetter zu plaudern?«

Ohne dass der Schatzkanzler eine Bewegung gesehen hatte, stand sie plötzlich vor ihm und stach mit einem plumpen Finger gegen seine Brust. »Sagt die Wahrheit: Was wollt Ihr wirklich?«

Der Schatzkanzler geriet ins Stottern. Seine Familie retten, sagte er, und dass er dafür eine Schatztruhe finden müsse, die gestohlen worden war, obwohl das eigentlich gar nicht möglich gewesen sei. Diesen, nach menschlichem Ermessen vollkommen unmöglichen Diebstahl müsse er jetzt aufklären, weil seine Königin ihn sonst hängen und seine Familie in die Wüste jagen werde. Ein Schicksal, das weder seine Frau, noch der Sohn verdient hätten und schon gar nicht seine zwei wunderbaren Töchter. Sie gelte es zu retten! Deshalb flehe er sie, die Hexe, um Hilfe an.

»Vielleicht kann ich Euch helfen. Vielleicht auch nicht«, entgegnete die Hexe. »Wir werden sehen. Aber Ihr versteht auch, dass keine gute Tat umsonst ist. Was werdet Ihr mir im Gegenzug geben?«

Er habe Silber, Gold und Edelsteine mitgebracht,

erwiderte der Schatzkanzler und leerte seine prall gefüllte Börse auf den Tisch. »Betrachtet es als Anzahlung, wenn Ihr meint, es genüge nicht.«

Die Hexe warf nur einen kurzen Blick auf den funkelnden Haufen und zuckte mit den Schultern. »Was soll ich mit Gold, Silber und Edelsteinen? Davon habe ich selber genug. Was seid Ihr wirklich bereit zu geben?«

»Alles«, versicherte er. »Ich gebe Euch alles, was Euer Herz begehrt, wenn Ihr mir nur helft, diese Truhe wiederzubeschaffen!«

»Wirklich alles?«, fragte die Hexe listig. »Auch, wenn Euch der Verlust wirklich schmerzt?«

»Wirklich alles!«, bestätigte der Schatzkanzler. »Wenn Ihr mir nur helft, meine Familie zu retten.«

Da lächelte die Hexe. »Wenn das so ist, dann bringt mir den oder das aus Eurem Haushalt, was Euch nach Eurer Rückkehr als Erstes entgegenläuft, um Euch zu begrüßen!«

Nichts hätte den Schatzkanzler härter treffen können. Er zuckte zusammen, als hätten Blitze und krachender Donner ihre Worte begleitet, denn natürlich wusste er, wie derlei Forderungen in Märchen ausgingen: Man erwartet, vom halbblinden Hund oder allenfalls noch vom Stallknecht begrüßt zu werden – aber dann ist es die Tochter, das

Enkelkind oder die Liebste selber, die einem entgegenläuft. Der Schatzkanzler kannte alle diese Geschichten, und er hegte keinen Zweifel, dass sein Sohn, eine seiner Töchter oder die geliebte Ehefrau am Fenster sitzen und auf ihn warten würde, um ihn gleich nach seiner Rückkehr zu begrüßen und zu fragen, ob seine Reise erfolgreich gewesen war. Also musste es unausweichlich einen von ihnen treffen. Doch was auch immer die Hexe plante – konnte es schlimmer sein als das Schicksal, das die Königin ihnen zugedacht hatte? Und immerhin: Selbst wenn sie scheiterte und die Truhe nicht wiederbeschaffen konnte, bestand die Möglichkeit, dass von seinen Lieben wenigstens eines überlebte. An diesen Gedanken geklammert, stimmte er schweren Herzens zu und fragte dann: »Wann werdet Ihr beginnen?«

»So bald Ihr das Gewünschte gebracht habt«, erwiderte die Hexe.

»Aber es bleiben nur noch wenige Tage Frist und die Nacht bricht schon herein!«, rief er.

»Dann brecht besser beim ersten Tageslicht auf«, lautete die Antwort. Und wie sehr er auch bettelte und flehte: Die Hexe ließ sich nicht erweichen.

Dem Schatzkanzler blieb am Ende nichts, als sich zu fügen.

Noch bevor die Sonne über den Horizont gestiegen war, saß er schon im Sattel. Da er sich überaus beeilte, brauchte er keine vollen drei Tage für den Rückweg. Die Sonne war gerade auf den Zenit geklettert, als er zuhause eintraf. Die Wachen sprangen eilig von ihrem Mittagsmahl auf und salutierten, aber als er an ihnen vorbei durch das Tor ritt, eilte ihm kein Stallknecht entgegen, um ihm sein Pferd abzunehmen. Kein Diener brachte etwas zu trinken. Niemand reichte ihm Waschzeug und Tücher, um sich den Schweiß und Reisestaub von Gesicht und Händen zu waschen. Das große Haus und der Hof waren wie ausgestorben. Nur oben auf dem Dachfirst gurrte eine Taube.

Müde lehnte sich der Schatzkanzler gegen sein erschöpftes Pferd. Musste er erst rufen, bevor man Notiz von ihm nahm? Doch wer würde dann kommen? Der Pakt, den er mit der Hexe geschlossen hatte, erschien ihm plötzlich unmenschlich. Wie hatte er sich anmaßen können, so über das Leben eines anderen zu entscheiden? War nicht das einzig ehrenhafte, das man in einer solchen Situation gab, das eigene Leben anzubieten? Was war er für ein Ehemann und Vater, dass ihm diese Möglichkeit nicht einmal eingefallen war? Sollte er besser auf der Stelle umkehren, bevor ihn jemand bemerkte?

Während er mit sich rang und haderte, kam ein schwarzes Kätzchen aus den Schatten auf ihn zugetorkelt und strich schnurrend um seine Füße.

»Dann bist du wohl das Empfangskomitee.« Nachdenklich hob der Schatzkanzler das winzige Wesen in die Höhe.

Als hätten die Worte einen Bann gebrochen, flog die Tür des großen Hauses auf und binnen eines Lidschlags war der Schatzkanzler umringt von Dienstleuten, die sich mit Grußworten, Entschuldigungen und Ehrbekundungen überboten, bis sie von Dunkelschön auseinandergetrieben wurden.

Sie nahm ihren Vater am Arm und lenkte ihn mit sanftem Druck in Richtung der Haustür, während sie gleichzeitig den Stallknecht anwies, das Pferd zu versorgen und eine Magd nach Getränken schickte. Den Leibdiener beauftragte sie, ein Bad für seinen Herrn zu richten und frische Kleidung herauszulegen. Der Fürsorgerin gab sie Anweisung, in der Küche nach dem Rechten zu sehen, damit nach dem Bad ein Mahl für ihren Vater bereitstehe. So erteilte sie einen Auftrag nach dem anderen, so dass beim Erreichen der Haustür niemand von den Bediensteten in Hörweite war.

»Wo sind deine Mutter und deine Geschwister?«,

lautete die erste Frage ihres Vaters. »Haben sie die Stadt verlassen?«

Dunkelschön schüttelte den Kopf. »Das würden sie nie tun. Nicht, so lange noch Hoffnung besteht und schon gar nicht ohne dich.« Zwar bestünde ein Notfallplan, erklärte sie, aber vorerst hofften sie auf die Fürsprache von Freunden und Verwandten. »Wir haben noch nie so viele Leute besucht und so viele Gefallen eingefordert wie in den letzten Tagen.«

Nachdem sie dafür gesorgt hatte, dass sich ihr Vater von den Strapazen der Reise erholen konnte und alles Wissenswerte von ihm erfahren hatte, steckte Dunkelschön das schwarze Kätzchen in die Tasche, schwang sich auf ihr eigenes Pony und machte sich selber auf den Weg zu der Hexe. Sie war keine bessere Reiterin als ihr Vater und das Reisen noch weniger gewohnt als er. Aber obwohl sie sich oft ängstigte, trieb die Sorge um ihre Familie sie voran und manchmal, wenn die Furcht Überhand nahm, hatte sie das Gefühl, eine silberhelle Stimme spräche ihr Mut zu. Das gab ihr die Kraft, allen Schrecken und Strapazen zu trotzen. Nach zweieinhalb Tagen scharfen Ritts erreichte sie den Hexensumpf.

Der Abend brach bereits herein. Der Mond war noch nicht aufgegangen. Weiße Nebel stiegen wie träge Geister aus den dunklen Tümpeln. Die abgestorbenen Bäume gemahnten an die Gefahr, die jenseits des schmalen Pfads lauerte. Dunkelschön sprang aus dem Sattel und führte ihr Pony am Zügel hinter sich her. So kurz vor dem Ziel würde sie ein bisschen Dunkelheit nicht aufhalten.

Schon bald sah sie ein Licht durch den Sumpf schimmern. Es versprach Wärme, ein Nachtlager im Trockenen, vielleicht sogar eine Schale Suppe. Aber obwohl es verlockend nahe schien, widerstand sie der Versuchung auf ein schnelles Ende der Strapazen und hielt den Blick fest auf den Weg gerichtet, bis sie vor dem Hexenturm stand.

Seine Bewohnerin wirkte auf Dunkelschön nicht halb so garstig und abweisend, wie sie nach der Beschreibung ihres Vaters erwartet hatte. Daher fiel es ihr leicht, die Hexe freundlich zu grüßen und ihr Anliegen vorzutragen. »Ihr hattet das erste Wesen aus dem Haushalt meines Vaters gefordert, das ihm zur Begrüßung entgegenlief«, sagte sie und hielt ihr das Kätzchen entgegen. »Bitte erfüllt nun Euren Teil der Abmachung. Das Leben meiner Familie hängt davon ab!«

Die Hexe nahm ihr das Kätzchen ab und antwortete ganz freundlich, sie müsse das Ritual erst vorbereiten. »Setz dich derweil, ruh' dich aus und iss etwas. Auf dem Herd steht ein Topf mit Suppe und im Kasten findest du einen Kanten frisches Brot.«

Das ließ sich Dunkelschön nicht zweimal sagen, zumal die Gerüche, die dem Topf entstiegen, wirklich köstlich waren. Der Geschmack des Gerichts stand dem Geruch in nichts nach und so langte sie kräftig zu, während die Hexe ihre Gerätschaften bereitlegte. Erst, als sie den letzten Rest der Brühe aufgetunkt und die Schüssel mit dem Brot sauber gewischt hatte, fragte sie nach dem Ritual und ob sie der Hexe dabei irgendwie zur Hand gehen könne.

»Du kannst nicht nur, du musst sogar«, erwiderte diese. »So bald ich alles vorbereitet habe, treten wir gemeinsam in den Kreis. Du trägst deine Bitte laut vor. Und dann schneidest du dem Kätzchen die Kehle durch.«

»Aber das kann ich nicht!«, rief Dunkelschön entsetzt.

»Du musst«, sagte die Hexe. „Es ist deine Frage und das Ritual wirkt nur, wenn das Opfer von dem ausgeführt wird, der die Frage stellt.« Sie kraulte dem Kätzchen den Kopf, bis es schnurrte. Dann fuhr sie fort: »Aber sei unbesorgt, ich werde das Tierchen für dich halten, damit es leichter ist.«

»Das kann ich nicht«, wiederholte Dunkelschön entschieden. »Ich kann nicht ein Leben retten, indem ich ein anderes nehme.«

»Auch nicht, wenn es um deine Familie geht?«

»Auch nicht, wenn es um meine Familie geht.« Dunkelschön hob das Kätzchen hoch und barg es schützend im Arm. Das kleine Tier schmiegte sich schnurrend an sie. »Wie könnte ich ein so freundliches Wesen töten? Ich habe es die ganze Zeit bei mir gehabt. Es vertraut mir. Soll ich jetzt ...?« Ihre Stimme brach. Sie begann zu weinen. »Es muss einen anderen Weg geben. Einen ohne Blutvergießen. Einen, bei dem niemand sterben muss.«

»Du hast ein gutes Herz, Mädchen«, sagte die Hexe freundlich. »Und es gibt tatsächlich einen anderen Weg. Aber er ist viel, viel schwieriger als der, den ich deinem Vater vorgeschlagen habe, denn dafür musst du einen Zauber herstellen. Du allein. So bald ich dir die Einzelheiten der Aufgabe verraten habe, wirst du wirst ganz auf dich gestellt sein.«

Dunkelschön nickte. »Das will ich gerne tun, wenn dadurch niemand zu Schaden kommt.«

»Nein, zu Schaden wird niemand kommen.«

»Und muss ich zur Erfüllung dieser Aufgabe bei Euch bleiben?«

»Im Gegenteil«, sagte die Hexe. »So bald du die Aufgabe kennst, musst du meinen Turm verlassen. Da ich keine Hilfe gewähren darf, kann ich dir danach auch nicht länger Obdach bieten.«

Obwohl Dunkelschön bei dieser Antwort bang ums Herz wurde, erwiderte sie tapfer: »Unter diesen Umständen bitte ich Euch, mir und meinem Pony zu gestatten, die Nacht hier zu verbringen und die Aufgabe erst morgen zu verraten.«

Früh am nächsten Morgen erhob sich Dunkelschön und sattelte ihr Pony. Doch erst, als sie schon Feuer geschürt, Wasser geholt und einen Kessel auf den Herd gesetzt hatte, stand auch die Hexe auf. Sofort bat Dunkelschön, ihr die Aufgabe zu nennen. »Warte! Erst will ich dir das hier geben«, erwiderte die Hexe und reichte dem Mädchen ein Bündel. »Egal, wohin du dich wendest, du wirst Essen brauchen. Später wäre zu spät, um dir welches zu geben. Außerdem wirst du ein paar Dinge finden, die dir vielleicht, vielleicht aber auch nicht von Nutzen sein werden – das kann jetzt noch niemand so genau wissen.«

Dunkelschön bedankte sich artig. »Doch sagt mir doch bitte endlich, was zu tun ist. Mir läuft die Zeit davon, versteht Ihr?«

»Du bist ein gutes Kind und sehr mutig«, erwiderte die Hexe freundlich. »Aber Güte und Mut werden zur Erfüllung dieser Aufgabe nicht reichen. Du wirst auch deinen Verstand nutzen müssen.«

Dunkelschön nickte und die Hexe fuhr fort: »Du musst die Strahlen des Mondes, Sonnenschein und das Dunkel der Nacht zu Garn verspinnen und aus dem Garn einen Schleier weben. Über diese Aufgabe darfst du mit niemandem sprechen, geschweige denn Hilfe dabei annehmen. Außerdem müssen das Spinnen und das Weben vollkommen schweigend geschehen. Ein Wort und alle Arbeit ist umsonst. Aber wenn du Erfolg hast, bring mir den Schleier. Dann werde ich dir zeigen, wie man ihn benutzt. Und nun geh!«

Dunkelschön war wie vor den Kopf gestoßen. Die Aufgabe zu erfüllen, schien ihr genauso unmöglich wie der Diebstahl der Truhe. Sie wollte die Hexe mit Fragen bestürmen, aber die hatte bereits den Finger an die Lippen gelegt. Ihre andere Hand wies zur Tür. Die Aufforderung war eindeutig und unterstrich, was die Hexe bereits gesagt hatte: Hier war keine Hilfe mehr zu erwarten. Von jetzt an, war Dunkelschön auf sich alleine gestellt. Stumm und mit gesenktem Kopf verließ das Mädchen den Turm.

Sie überließ es dem Pony, sich einen Weg zu suchen, derweil sie selber sich den Kopf zerbrach, wie sich Sonnenschein, Mondlicht und Dunkelheit einfangen und verspinnen ließen. Doch so sehr sie auch grübelte: Als sich der Abend über das Land senkte, hatte sie lediglich Kopfschmerzen vom vielen Nachdenken. Der Lösung der Aufgabe war sie kein bisschen näher gekommen.

Wie hatte sie nur glauben können, ihre Familie zu retten – ganz alleine! Stattdessen hatte sie ihnen neuen Kummer bereitet, denn sie war ohne Abschied aufgebrochen. Niemand wusste, wohin, auch wenn der Vater es vielleicht ahnte. Genauso konnte man aber auch annehmen, sie sei geflohen, um wenigstens das eigene Leben zu retten. Eine neue Welle der Scham überkam sie.

Aber wenigstens diese eine Sorge konnte sie ihren Lieben nehmen. Selbst wenn sie mit niemandem darüber sprechen durfte, wo sie vergangenen Tage gewesen war und auch, wenn die Rückkehr bedeutete, dass die Aufgabe ungelöst blieb und sie alle zum Tode verurteilt waren: Sie würden gemeinsam sterben. Der Gedanke, dass die Königin ihnen diesen winzigen Triumph nicht nehmen konnte, war unerwartet tröstlich.

Mit neuer Entschlossenheit griff Dunkelschön

nach den Zügeln. Sie befürchtete nur, dass sie in die falsche Richtung geritten war und den Weg nach Hause nicht wiedererkennen würde. Doch als sie sich umblickte, stellte sie zu ihrem Erstaunen fest, dass ihr Pony klüger gewesen war als sie. Die Landschaft war ihr bekannt. Das Pferdchen hatte aus eigenem Antrieb den Weg zum heimischen Stall eingeschlagen. Dunkelschön lobte das kluge Tier und setzte hinzu. »Jetzt müssen wir nur noch ein Nachtlager finden. Hier zwischen den Bäumen ist es bei Nacht doch zu grausig.«

Im gleichen Augenblick sah sie ein Licht flackern. Sie hielt darauf zu und binnen Kurzem stand sie vor einer Hütte. Sie war klein und in so erbärmlichem Zustand, dass Dunkelschön sie für unbewohnbar gehalten hätte, wäre nicht der Lichtschein gewesen. Er drang durch das löcherige Dach und die zahlreichen Ritzen, so dass es vor der Hütte fast ebenso hell war wie im Innern. Da es nirgends so etwas wie einen Stall gab, band Dunkelschön ihr Pony an einem Baumstamm fest und klopfte.

Ein Hund begann zu bellen. Eine Frauenstimme schimpfte. Dann öffnete sich quietschend die rissige Tür und Dunkelschön sah sich einer Greisin gegenüber, die mit der einen Hand einen riesigen weißen Hund am Halsband zurückhielt und mit der anderen eine nicht minder große Geiß. Beide Tiere wirkten so wild, dass Dunkelschön unwillkürlich einen Schritt zurück trat. Es schien ihr beinahe unmöglich, dass die Alte sie bändigen konnte, denn sie war winzig und ihre Arme so dünn wie die Beine eines Vögelchens. Sie steckte in einem sackartigen Kleid, dessen Zustand dem der Hütte entsprach. Auch ihr Gesicht, faltig wie eine gedörrte Aprikose, kündete von Last und Sorgen des Alters. Das einzig Starke an ihr waren die Haare. Schlohweiß und zu einem dicken Zopf geflochten, reichten sie der Greisin bis zur Hüfte.

Dunkelschön bereute bereits, ausgerechnet hier geklopft zu haben. Einerseits fürchtete sie die Tiere, andererseits wollte sie der Frau nicht zur Last fallen. Aber welche Wahl blieb ihr? Weiterreiten konnte sie nicht und in der Hütte würde sie wenigstens Schutz vor wilden Tieren und den Geistern der Nacht finden. Daher wog sie ihre Worte sorgfältig ab: Sie brauche nicht viel, sagte sie. Ein Platz vor dem Feuer reiche vollkommen und selbstverständlich würde sie ihre Gastgeberin entschädigen, wenigstens aber Brot und alles, was sie sonst noch an Nahrung dabeihabe mit ihr teilen.

Die alte Frau wollte von einer Bezahlung nichts

wissen. Sie freue sich über jeden Besuch, sagte sie. »Seit mein Mann gestorben ist, ist es hier draußen sehr einsam geworden. Die Leute fürchten sich im Wald. Sie sagen, ich solle ins Dorf ziehen. Aber was soll ich da? Der Wald ist mein Zuhause. Immer gewesen. Ich bin wie einer der Bäume da draußen. Mich kann man nicht verpflanzen.«

Auch wollte die alte Frau nicht dulden, dass das Pony die Nacht allein im Dunklen verbrachte. Ihre eigenen Tiere lebten ja auch in der Hütte. Irgendwie fände sich schon ein Platz. Und tatsächlich: Obwohl die Hütte so winzig war, kamen sie alle unter.

Nun war Dunkelschön doppelt froh über den Proviant, den die Hexe ihr mitgegeben hatte, denn nun hatte sie etwas, das sie mit ihrer großherzigen Gastgeberin teilen konnte. Einen Laib Brot, der so köstlich duftete, als käme er gerade frisch aus dem Ofen, war das Erste, das sie aus dem Beutel zog, gefolgt von einem ordentlichen Stück Käse, zwei rotbackigen Äpfeln, einem Topf Honig und einem Block Butter. Ganz unten lagen sogar noch eine Zimtstriezel und eine Flasche Wein.

Die alte Frau klatschte bei jedem einzelnen Stück vor Freude in die Hände. Als aber der Kuchen und der Wein zum Vorschein kamen, strahlte sie über das ganze Gesicht und sagte, das hätte ihre Enkelin auch immer mitgebracht. Damals, vor der Sache mit dem Wolf. Dunkelschön fragte nicht nach, sondern freute sich über die offensichtliche Freude ihrer Wirtin und lud sie ein, tüchtig zuzulangen. Während sie aßen, erzählte die alte Frau, dass sie Köhlerin gewesen sei, und Dunkelschön erfuhr auch ihren Namen: „Mond."

»Ich wurde nachts geboren«, erzählte sie. „Bei Vollmond. Als man mich in die Wiege legte, fiel das Licht durch das Fenster genau auf mein Gesicht. Deshalb gab man mir diesen Namen. Damals machte man das so.«

Dunkelschön dachte an ihren eigenen Namen und den ihrer Schwester und musste lächeln. Die Zeiten hatten sich geändert, aber manches war trotzdem gleich geblieben.

Als es Zeit war, Schlafen zu gehen, bereitete sie sich ein Lager in der Asche neben dem Herd. Der weiße Hund der Köhlerin kuschelte sich an ihre rechte Seite und die Ziege legte sich an ihre linke. Beide rochen durchdringend, aber sie hielten Dunkelschön warm und sie schlief ausgezeichnet, bis Mond sie am anderen Morgen weckte.

Dunkelschön ließ die Reste des Proviants bei der der Köhlerin und ritt weiter. Als ihr Magen gegen

Mittag erneut zu knurren begann, bedauerte sie, nicht wenigstens einen Kanten Brot oder ein Stückchen Striezel aufgehoben zu haben. Aber Bedauern füllt den Magen nicht und die alte Frau hatte das Essen dringender gebraucht.

Was macht es schon, einen Tag zu hungern - morgen bin ich wieder zuhause, tröstete sie sich. Da kann ich mir den Magen mit allem vollschlagen, wonach es mich gelüstet. Nur etwas zu trinken, das hätte ich doch ganz gerne.

Kurz darauf traf sie tatsächlich auf einen Bach, dessen glasklares Wasser in der Sonne glitzerte. Als Dunkelschön sich darüber beugte, um sich Arme und Gesicht zu benetzen, war ihr, als raune der Bach ihr zu: „Das Wasser wird dich noch mehr erfrischen, wenn du davon trinkst."

Sie schrak hoch und sah sich um, konnte aber niemanden sehen. Doch als sie sich erneut vorbeugte, hörte sie die Stimme erneut. Das Wasser sah aber auch zu verlockend aus! Also schöpfte sie ein wenig davon in der hohlen Hand und kostete. Es schmeckte so frisch und süß, wie es aussah. Warum nicht die leere Weinflasche damit befüllen? Sie war nicht sicher, ob die Stimme in ihrem Kopf erklungen war. Eine gute Idee war es in jedem Fall.

Dunkelschön erinnerte sich, dass sie die Flasche

als Letztes eingepackt hatte. Sie musste also noch obenauf in der Satteltasche liegen. Aber beim Reiten schien etwas durcheinander gekommen zu sein, denn nun lag der Beutel obenauf, den ihr die Hexe mitgegeben hatte. Zu Dunkelschöns Überraschung schien er prallvoll. Neugierig löste sie die Bänder.

Warmer Brotgeruch strömte ihr entgegen, und als sie hineingriff fand sie wieder einen Laib Brot. Er war etwas kleiner als der von gestern, aber nicht minder köstlich. Die Kruste knackte, als sie ein Stück davon abbrach. Das wolkenweiche Innere dampfte sogar noch ein bisschen. Dunkelschön schob es in den Mund und kaute genüsslich, bevor sie den Beutel, der ihr immer noch verdächtig schwer schien, weiter untersuchte. Sie fand einen Tiegel mit Butter und ein Töpfchen mit Mus, das nach Zimt und Nelken duftete.

Die Hexe war überaus großzügig gewesen, dachte Dunkelschön, während sie das unerwartete Festmahl genoss. *Als ob sie gewusst hatte, in welche Situation ich geraten würde. Dabei hat sie doch gesagt, dass sie mir nicht helfen darf.* Der Widerspruch machte das Mädchen stutzig; aber als sie sich die genauen Worte der Hexe ins Gedächtnis rief, begriff sie, dass diese weit mehr getan hatte, als sie mit Essen zu versorgen: Sie hatte geholfen, ohne zu helfen, denn sie hatte den Beutel übergeben, bevor sie Dunkelschön die Aufgabe gestellt hatte. Dazu hatte sie gesagt, dass niemand wissen könne, ob die Dinge darin nützlich seien, und dass Dunkelschön ihren Verstand brauchen werde. Nun fragte sich das Mädchen, ob in alledem noch eine tiefere Bedeutung lag. Hatte ihr die Hexe nicht nur Essen, sondern auch eine Botschaft mitgeben wollen? Einen Hinweis, wie sich die scheinbar unlösbare Aufgabe bewältigen ließ? Offenbar waren die Regeln flexibel: Sie ließen sich auslegen und beugen. Aber wie weit?

Nachdenklich ritt Dunkelschön weiter.

Sie war noch zu keinem Ergebnis gekommen, als sie am Mittag des darauffolgenden Tages zuhause ankam. Ihre Eltern und Geschwister stürzten ihr entgegen und überhäuften sie mit Fragen, aber Dunkelschön erinnerte sich an die Worte der Hexe und antwortete ausweichend. Sie müsse zurück. Es eile. Sie sei nur gekommen, um ein paar Dinge zu besorgen.

»Sag uns, was du brauchst«, antworteten alle. »Wenn es sich irgendwie machen lässt, sollst du es haben.«

»Ich darf nicht sagen, was es ist und auch sonst keine Hilfe annehmen«, erwiderte Dunkelschön unglücklich. Sie sah die Enttäuschung in den Gesichtern ihrer Lieben und mit einem Mal hatte sie eine Idee. Sie schien weit hergeholt und albern. Aber es war ein Ansatz. Noch dazu passte sie zu dem, was die Hexe gesagt und getan hatte. Daher setzte sie hinzu: »Aber so viel kann ich vermutlich sagen, nämlich, dass Menschenhaar bei diesem Zauber eine gewisse Rolle spielen könnte. Vielleicht jedenfalls. Vielleicht auch nicht, denn zur Zeit weiß ich es selber noch nicht.«

»Ja, wenn das so ist", sagte ihr Vater, „dann wird dir eine Strähne von meinen kaum eine Hilfe sein. Aber es sind traurige Zeiten und zum Zeichen der Trauer hat man schon immer die Haare geschoren.« Mit diesen Worten nahm er eine Schere, schnitt sich ein großes Büschel vom Kopf und legte es auf den Esstisch. Dunkelschöns Mutter und Bruder folgten seinem Beispiel. Sonnenglanz aber schüttelte den Kopf. »Trauer. Rituale ... Das ist mir vollkommen egal, davon will ich nichts wissen. Allerdings wollte ich schon lange eine neue Frisur!« Mit diesen Worten zog sie die Nadeln aus ihren langen, blonden Flechten, schnitt alles herunter und warf es in den Mülleimer.

Dunkelschön klaubte die Haare zusammen, umarmte ihre Familie und machte sich erneut auf den

Weg. Bei einem Händler kaufte sie eine Spindel und einen kleinen Webrahmen, bei einem anderen einen Ballen warmen Wollstoff. Sie hätte gerne mehr genommen, wollte ihr Pferdchen aber nicht überlasten.

»Das ist für dich, als kleiner Dank für deine Gastfreundschaft«, sagte sie zu der Köhlerin, als sie erneut an deren Tür klopfte, und überreichte ihr den Stoffballen. »Wenigstens für ein neues Kleid und ein warmes Tuch sollte es reichen.«

Der alten Frau standen Tränen der Freude in den Augen und sie stammelte Worte des Danks, während ihre altersfleckigen Hände wieder und wieder über den weichen Stoff strichen. Gleichzeitig wiederholte sie immer wieder, dass sie dieses Geschenk nicht annehmen könne. Es sei zu viel. Denn es sei doch nur eine Nacht gewesen und sie habe ihrer Gästin nur Wasser vorsetzen können. »Selbst das Essen hast du mitbringen müssen!«, klagte sie.

„Essen habe ich auch dieses Mal dabei", erwiderte Dunkelschön fröhlich und schwenkte den Beutel der Hexe. »Und ich teile es gerne mit dir, denn ich möchte heute wieder deine Gastfreundschaft in Anspruch nehmen.«

Sie sei herzlich willkommen, antwortete die Köhlersfrau. Aber so oder so widerstrebe es ihr, Geschenke anzunehmen und Almosen wolle sie nicht.

»Dann gib mir im Gegenzug deine Haare!«, sagte Dunkelschön.

»Und was willst du damit anfangen?«

»Das lass' nur meine Sorge sein. Dir wird kein Schaden daraus entstehen.«

Die Köhlerin musterte das Mädchen misstrauisch, während ihre reisigdürren Finger nach dem Zopf tasteten. Dann aber zuckte sie mit den Schultern, und sagte: »Sei es drum. Ich habe ohnehin keinen Nutzen davon.« Damit war die Sache erledigt und kurz darauf konnte Dunkelschön den Zopf zu den Flechten ihrer Schwester in die Satteltasche stecken.

Sie brach früh auf, ritt jedoch nicht weit. Bereits auf ihrer ersten Reise war ihr eine hohle Eiche aufgefallen, deren Stamm so dick war, dass vier Männer nicht gereicht hätten, ihn zu umspannen. Diese Eiche hatte sie auserkoren, ihr einige Tage als Behausung zu dienen.

Auf dem Boden hatte sich das Laub der Vorjahre angesammelt. Dunkelschön legte ein paar Kiefernzweige darauf und breitete ihre Decken darüber. Zusammen gab das ein weiches, angenehm duftendes Lager. Aber sie war nicht zum Schlafen hier.

Dunkelschön holte den Zopf der Köhlerin aus der Satteltasche, löste die Strähnen, kämmte die Haare und band sie sodann an einen schönen Haselstock. Das Gleiche wiederholte sie mit dem Haar ihrer Schwester. Danach holte sie ihre Spindel hervor und begann die beiden Rocken abzuspinnen. Da sie eine geschickte Spinnerin war, ging ihr die Arbeit gut von der Hand und schon am späten Mittag lagen zwei Garnknäule vor ihr: Eines leuchtete golden wie die Sonne, das andere schimmerte weiß wie Mondlicht. Fehlte nur noch das Dunkel der Nacht.

Ohne zu zögern, schnitt sie ihr eigenes Haar ab und spann daraus ein drittes Knäuel, schwarz wie die Nacht und glänzend wie Rabenfedern. Bis zum Abend hatte sie die drei Garne zu einem einzigen Faden verzwirnt.

Das Ergebnis war erbärmlich. Die Garne hatten ihren Glanz und ihr Leuchten eingebüßt und das bisschen Zwirn, das sie gewonnen hatte, würde kaum für ein Schnupftuch reichen. Dunkelschön hätte vor Enttäuschung und Erschöpfung am liebsten geweint, denn zu allem Überfluss schmerzte ihr Rücken. Dennoch gönnte sie sich keine Pause, sondern machte sich sogleich daran, die Kette aufzuziehen.

Erst als diese Arbeit erledigt war, versorgte sie ihr Pony und aß ein paar Happen aus dem Beutel der

Hexe. Dann zündete sie eine Lampe an und begann zu weben. Sie entschied sich für ein einfaches, lockeres Gewebe, denn die Hexe hatte schließlich von einem Schleier gesprochen. Auch so war die Aufgabe schwierig genug. Das Garn war zwar dünn, aber auch steif und widerborstig. Immer wieder verhakten sich Kette und Schussfaden, so dass Dunkelschön die kaum sichtbaren Knoten mühsam auseinanderpulen musste. Mehr als einmal lag ihr ein Fluch auf der Zunge, doch sie schluckte die Worte hinunter und arbeitete stumm und verbissen weiter.

Als der Morgen graute, schmerzte ihr ganzer Körper. Ihre Augen brannten vom Schlafmangel und den zurückgehaltenen Tränen. Aber das Tuch war fertig. Es war kaum zwei Handspannen lang und etwa genauso breit. Für mehr hatte das Garn nicht gereicht. Wortlos schnitt Dunkelschön es vom Webstuhl. Stumm sattelte sie ihr Pony und lenkte es Richtung Sumpf. Wie im Traum erreichte sie den Hexenturm.

Kaum war Dunkelschön abgestiegen, trat die Hexe heraus. Sie bedeutete dem Mädchen, weiter zu schweigen, nahm sie bei der Hand und führte sie in einen heckenumsäumten Garten hinter dem Turm.

In der Mitte des Gartens war bereits ein Kreis gezogen. Seltsame Symbole, die in der aufgehenden Sonne fahl schimmerten, umgaben ihn.

Mit Gesten forderte die Hexe Dunkelschön auf, sich zu entkleiden und in den Kreis zu treten. Dunkelschön zögerte. Das alles kam ihr doch sehr seltsam und auch ein wenig unheimlich vor. Dann dachte sie an ihre Familie. Außerdem hatte die Hexe versprochen, dass niemand zu Schaden kommen würde.

Als sie nackt im Innern des Kreises stand, reichte ihr die Hexe den Schleier. Dunkelschön drehte das Tuch ratlos zwischen den Händen. Was sollte sie nun damit anfangen? Fragend sah sie die Hexe an.

Die jedoch schüttelte den Kopf und bedeutete ihr erneut durch Gesten, noch ein wenig länger zu schweigen. Dann ließ auch sie ihr Kleid fallen und fing an, den Kreis abzuschreiten. Die ersten Runden drehte sie stumm. Dann begann sie zu summen und schließlich zu singen. Ihre Hände webten seltsame Muster in die Luft. Bei jeder Runde wurde ihre Stimme lauter und kräftiger. Die Symbole im Boden begannen zu glimmen. Staunend beobachtete Dunkelschön, wie aus dem zuerst noch schwachen Schimmer ein Glühen wurde. Stränge aus Licht in verschiedener Farben schlangen sich umeinander wie Ranken oder tastende Fühler und verwoben sich unter den Händen der Hexe zu komplexen Mustern. Die Außenwelt verschwand. Schließlich war der ganze Kreis von einem Kokon aus pulsierendem Licht umgeben. Die Hexe warf einen letzten, prüfenden Blick in die Runde und trat neben Dunkelschön in den Kreis.

»Jetzt können wir reden.«

Dunkelschön fand zuerst keine Worte, sondern starrte in stummer Bewunderung auf die wirbelnden, leuchtenden Muster.

«Ja, es ist sehr beeindruckend, wenn man es zum ersten Mal sieht«, sagte die Hexe. »Aber du hattest eine Aufgabe. Willst du nicht sehen, ob du sie erfüllt hast?«

Die Worte brachten Dunkelschön dazu, den Blick wieder auf das winzige Tuch zu richten, das sie gewebt hatte. Steif und doch formlos lag es in ihrer Hand. Ein Fetzen Stoff von undefinierbarer Farbe – das Sinnbild vergeblicher Hoffnung. Sie hätte weinen können vor Enttäuschung.

»Sieh genau hin«, sagte die Hexe und bewegte die Hände über dem Fetzen. Seltsame Worte flossen aus ihrem Mund. Dunkelschön verstand kein einzelnes davon. Sie klangen weich und zugleich eindringlich, glichen aber keiner Sprache, die sie je gehört hatte.

Unter dem Einfluss der Worte begann das Gewebe, sich zu verändern. Es wurde dünner und weicher, bis es wie Wasser über Dunkelschöns Hände floss. Es war nun auch nicht mehr stumpf, sondern schimmerte im Licht der leuchtenden Hülle.

»Du hast deine Aufgabe gelöst, mein Kind«, sagte die Hexe. »Du hast einen Schleier geschaffen, mit dem du durch die Welten sehen kannst. Hinter diesem Schleier bleibt nichts verborgen und kein Geheimnis unentdeckt, das du enthüllen willst.«

»Aber wie wende ich ihn an?«

»Du konzentrierst dich auf das, was du wissen willst. Dann ziehst du ihn über den Kopf, so dass er dein Gesicht ganz verdeckt.«

»Das ist alles?«

Die Hexe lachte. »Alles? Weißt du, wie viele Geheimnisse es auf dieser Welt gibt? Du würdest wahnsinnig werden, wenn alle gleichzeitig über dich kämen. Und glaube mir: Du willst nicht alle wissen. Manches bleibt besser verborgen. Deshalb gilt es, sich fest auf eine einzige Frage konzentrieren und jeden anderen Gedanken auszuschließen. Das ist beileibe keine einfache Aufgabe, sondern sogar noch schwerer als das Weben des Tuchs.«

Dunkelschön starrte auf den glänzenden Stoff in ihren Händen und versuchte, ihre Gedanken auf die eine entscheidende Frage zu fokussieren. Aber immer wieder durchkreuzte die Sorge um ihre Familie ihr Bemühen. »Wirklich nur eine Frage?«, sagte sie schließlich. »Was geschieht, wenn ich sie gestellt habe? Zerfällt der Stoff? Nutzt sich der Zauber ab? Oder kann man mehrere Fragen stellen, aber nur eine Frage auf einmal?«

Ernst erwiderte die Hexe, sie könne durchaus mehrere Fragen stellen, aber nacheinander. Und sie müsse sich davor hüten, dabei die Konzentration zu verlieren. »Es ist ein mächtiger Gegenstand, den du da in Händen hältst. Also benutze ihn weise!«

Dunkelschön nickte und schloss die Augen, um alle Ablenkung auszuschließen. Schweiß bildete sich auf ihrer Stirn, während sie ihren Geist von allen Gedanken leerte, bis nur noch die eine, entscheidende Frage blieb: die nach dem Verbleib der großen Truhe. Als sie wie eine winzige Flamme in der Dunkelheit ihres Geistes leuchtete, zog Dunkelschön den Schleier über den Kopf und schlug die Augen auf.

Im ersten Moment hatte sie das Gefühl, nichts habe sich geändert. Sie stand im Dunkeln. Die Finsternis um sie herum war absolut. Angst keimte in Dunkelschön auf. Angst, dass die Hexe sie verraten hatte. Angst vor den Dingen, die in dieser Dunkelheit lauern mochten. Angst, nie wieder zu entkommen. Wie ein schleimiges, kaltes Tier kroch sie ihren Rücken hinauf. Dunkelschön schauderte. Die Dunkelheit um sie begann zu verschwimmen. Dinge schälten sich aus den Schatten. Unförmige Schemen, die am Rande ihres Sichtfelds aufblitzten. Menschen. Gesichter. Gebäude.

Sie erhaschte einen flüchtigen Blick in das Zimmer ihrer Schwester. Eine offene Schmuckschatulle. Noch bevor sie Einzelheiten erkennen konnte, drängte sich das verweinte Gesicht ihrer Mutter davor. Doch auch das verschwamm sofort. Wieder befand sie sich in einem Zimmer. Ihr Bruder beugte sich ... Nein, Vater zählte ... Und das Gesicht der Königin. Ein Schwert wurde geschliffen. Dunkelschön schwankte, als mehr und mehr Eindrücke auf sie einstürmten. Viel zu viele, um sie zu fassen. Es half nichts, dass sie die Augen schloss und sich die Ohren zuhielt. Sie kamen trotzdem.

Die Angst wurde unerträglich. Dunkelschön wollte davonstürmen. Doch etwas hielt sie hier, weich und doch unnachgiebig. Plötzlich war ihr, als hörte sie eine leise Stimme, die sie warnte, auf keinen Fall den Kreis zu verlassen.

Im nächsten Augenblick sah sie sich zusammen

mit der Hexe in dem heckenumwachsenen Garten am Fuß des Hexenturms stehen. Oder besser, sie sah eine verschleierte Gestalt in den Armen einer nackten Frau. Auch die Verschleierte war nackt. Sie wehrte sich gegen die Umarmung. Aber die Hexe ließ nicht locker. Wieder hörte Dunkelschön die beschwörenden Worte: »Denk daran, was ich dir über den Schleier gesagt habe, und besinne dich auf die eine Frage, wegen der du mich aufgesucht hast. Sie allein ist wichtig!«

Die Truhe, dachte Dunkelschön, die Truhe der Königin. Wo ist sie?

Erneut fand sie sich im Dunkeln wieder, aber dieses Mal war sie vorbereitet. Die Erfahrung von eben hatte sie gelehrt, dass der Schleier nicht nur die Dinge zeigte, nach denen sie fragte, sondern auch, wie sie ihre Sicht verändern konnte. Daher war es nur natürlich, als Nächstes danach zu fragen, wo sich dieser Ort befand und – als sie Stadt und Haus wusste – wer dort wohnte.

Taumelnd kehrte sie in die Realität zurück. Sie wäre gestürzt, wenn die Hexe sie nicht aufgefangen hätte. Aber nun, da sie ihre Antworten hatte, drängte es sie um so mehr, aufzubrechen. Daher bat sie die Hexe, den Kreis aufzulösen.

Der Hexe gefiel das gar nicht, denn sie fürchtete,

die Reise sei noch zu früh. Sie beschwor Dunkelschön, sich nach den Anstrengungen des Rituals Ruhe zu gönnen, damit Körper und Geist wieder zu Kräften kämen. Aber alles Zureden war vergeblich. Die junge Frau beharrte auf ihrem Vorhaben. »Ich habe schlimme Dinge gesehen«, sagte sie ein ums andere Mal. »Ich weiß nicht, ob ich sie noch aufhalten kann. Aber ich muss es wenigstens versuchen!«

Am Ende gab die Hexe nach. Dunkelschön machte sich auf den Rückweg. Wenn es nach ihr gegangen wäre, wäre sie den ganzen Weg zurück im Galopp geritten. Doch schon bald zwang die hereinbrechende Dämmerung ihr ein langsameres Tempo auf. Schließlich wurde es so dunkel wurde, dass sie doch rasten musste.

Beim ersten Dämmerlicht war sie wieder auf den Beinen und kurz darauf auch schon im Sattel. Wieder trieb sie ihr Pony zu äußerster Eile. Das brave Tier gehorchte. Aber gegen Mittag begann es zu torkeln und Dunkelschön musste einsehen, dass es am Ende seiner Kräfte war. »Es tut mir leid, dass ich dich so getrieben habe«, sagte sie, als sie ihm Sattel und Zaumzeug abnahm. »Du hättest es verdient, dafür mit Pflege und Aufmerksamkeit belohnt zu werden. Aber ich kann nicht. Daher: Lauf und sei frei! Ich wünsche dir alles Gute."«Sie küsste dem Pony die Stirn und die weichen Lippen, drehte sich um und lief zu Fuß weiter.

Sie war das Gehen noch weniger gewohnt als das Reiten. Daher vergingen zwei weitere quälend lange Tage, bis sie endlich die Türme der Stadt in der Ferne aufragen sah. Bis sie das Stadttor erreichte, war die Nacht bereits hereingebrochen und das Tor fest geschlossen. Dunkelschön mochte noch so sehr betteln und gegen das eisenbeschlagene Holz hämmern, die Wachen ließen sich nicht erweichen.

Sie verbrachte eine weitere schlaflose Nacht; stets in Versuchung, den Schleier zu benutzen, um nach ihrer Familie zu sehen und in zu großer Furcht, um es tatsächlich zu tun.

Kaum war das Tor offen, humpelte Dunkelschön an den Wachen und lief, so schnell ihre geschwächten Beine sie tragen konnten, zum Haus ihrer Familie. Dort bot sich ein trauriger Anblick: Der Hof war leer, das Gesinde geflohen, das Haus geplündert.

»Du kommst zu spät. Sie sind schon vor vier Tagen abgeholt worden«, sagten die Nachbarn. »Das Tribunal war gestern. Heute ist die Hinrichtung.«

Dunkelschön machte auf dem Absatz kehrt und

lief zum Königshof.

»Du kommst zu spät«, hieß es auch dort. »Ihre Majestät ist bereits zum Richtplatz aufgebrochen.«

Obwohl sie sich inzwischen kaum noch aufrecht halten konnte, wankte und humpelte Dunkelschön weiter zum Richtplatz. Dort herrschte großes Gedränge, denn niemand wollte sich die Hinrichtung des Schatzkanzlers entgehen lassen. Irgendwie gelang es Dunkelschön, sich sich hindurchzuquetschen und zu der besonders geschmückten Tribüne vorzudringen, auf der die Königin thronte. Sie erreichte sie gerade in dem Moment, als man ihre Familie auf das Podest führte, auf dem auch der Richtblock stand.

Zwei Wacheleute flankierten den Sitz der Königin. Als sie Dunkelschön gewahr wurden, stürmten sie vor, um sie aufzuhalten. Vergeblich. Dunkelschön entging ihrem Griff, indem sie sich vor der Königin auf den Boden warf. Sie hätte auch nicht mehr die Kraft gehabt zu stehen.

»Hört mich an, Majestät«, flehte sie.

Die Stimme der Königin war so kalt wie ihre Miene, als sie entgegnete: »Wenn du um Gnade flehen willst, kommst du zu spät. Ohnehin würde ich mein Wort nicht brechen.« Sie machte eine Bewegung, wie um eine Fliege verscheuchen. Auf diese Geste hin stürzten die Wachen vor und zerrten das Mädchen auf die Beine.

»Wartet!«, rief Dunkelschön. »Ich bitte nicht um Mitleid. Ich schlage Euch ein Geschäft vor!«

Die Königin hob die Hand und verschaffte Dunkelschön die Gelegenheit, hinzuzufügen: »Verschiebt die Hinrichtung nur um jenen kurzen Moment, bis Ihr mich angehört habt. Danach könnt Ihr immer noch entscheiden, ob Euch der Tod meines Vaters mehr befriedigen würde als die Rückgabe des Goldes, das Euch gestohlen wurde.«

Bei der Erwähnung des Goldes erstarrte die Königin. »Was weißt du über das Gold?«

»Ich kann Euch sagen, wo es ist und wer es gestohlen hat«, antwortete Dunkelschön. »Aber ich werde es nur verraten, wenn Ihr Amnestie gewährt.«

Die Königin antwortete nicht. Dass ihr der Tod des Schatzkanzlers das verschwundene Gold nicht zurückbringen würde, wusste sie. Aber konnte sie diesem abgerissenen, schmutzigen Geschöpf mit dem geschorenen Schädel trauen, das ihr so trotzig entgegenstarrte?

»Ihr fürchtet, dass ich Euch betrüge«, sagte Dunkelschön, die ihre Gedanken erriet. »Daher biete ich Euch folgenden Handel an: Ihr behaltet meine

Familie für weitere drei Tage als Geiseln. In dieser Zeit führe ich selbst Euren Henker und wem immer Ihr außerdem vertraut, zu besagtem Dieb. Sollte ich keinen Erfolg haben, könnt Ihr mit mir und meiner Familie tun, was Euch beliebt.«

Die Königin dachte lange über diesen Vorschlag nach. Er schien zu gut, um wahr zu sein. Abgesehen davon konnte sie jedoch keinen Haken finden. Daher stimmte sie schließlich zu und wies den Henker an, die Vorkehrungen für einen sofortigen Aufbruch zu treffen und die Familie des Schatzkanzlers bis auf weiteres zurück ins Gefängnis zu schaffen.

Schon früh am nächsten Tag zeigte Dunkelschön dem Henker das Haus, das ihr der Schleier enthüllt hatte und richtig: Im Keller fand sich die verschwundene Schatztruhe. Der Mann, der in dem Haus lebte, leugnet ihren Besitz nicht einmal, sondern behauptete, sie sei das Geschenk einer Fee und mithin sein Eigentum.

Selbstverständlich glaubte niemand die Geschichte und so hing sein Kopf binnen kurzem neben dem Stadttor – zur Abschreckung aller, die es nach den Schätzen der Königin gelüstete. Der Schatzkanzler jedoch wurde rehabilitiert. Die Königin schenkte ihm ein neues, noch größeres und schöneres Haus und bot ihm an, in sein altes Amt zurückzukehren.

Der Schatzkanzler lehnte dankend ab. Er habe lange Jahre im Dienst Ihrer Majestät verbracht. Er habe ihr gerne und loyal gedient und sei daher froh, dass der Verdacht von ihm genommen sei. Aus diesem Grund sei jetzt der beste Zeitpunkt zurückzutreten und das Amt einem Jüngeren zu übertragen. Er selbst wolle seine letzten Jahre in Ruhe im Kreise seiner Familie verbringen und Rosen züchten.

Die Königin kam seiner Bitte nach und wenn die Legende stimmt, lebte er danach noch viele Jahre glücklich und benannte seine erste, selbstgezüchtete Rose nach ihr. Nur auf Dunkelschöns Gesellschaft musste er in seinem Ruhestand verzichten. Die Begegnung mit der Hexe hatte sie so neugierig auf deren Kunst gemacht, dass sie beschlossen hatte, ihre Schülerin zu werden. Als sie aus der Stadt ritt, war ihr, als hörte sie ein leises Lachen. Es klang wie das silberhelle Kichern einer Fee.

Wolkenschafe

Auf einer abgeschiedenen Burg lebte einst ein Graf aus einem alten und noblen Geschlecht. Dennoch war er arm, weil ein Rivale seines seligen Vaters diesen durch Ränke und Intrigen beim König so weit in Misskredit gebracht hatte, dass ihm nichts blieb, als die Burg, der sie umgebende Wald und ein wenig karges Land, das kaum die Bauern ernährte, die es bewirtschafteten.

Die Frau des Waldgrafen war früh gestorben und hatte ihn mit zwei kleinen Töchtern zurückgelassen. An eine neue Heirat war gar nicht zu denken. Der Graf liebte die beiden Mädchen jedoch sehr und übernahm ihre Erziehung gerne. Er bedauerte bloß, dass er ihnen keine Gesellschaft von Gleichaltrigen und auch sonst kaum mehr als das Notwendigste bieten konnte. Die Burg lag weitab aller Städte und Handelsstraßen. Reisende verschlug es selten in diese Gegend. Händler wie Verwandte mieden sie wegen der Armut und um nicht das königliche Missfallen auf sich zu ziehen. Hier gab es weder Geschäfte zu machen, noch eine reich gedeckte Tafel, Bälle oder sonstige Belustigungen. Der restliche Teil des Adels hielt erst recht Abstand.

Trotzdem waren Eilika und Emma – so hießen die

beiden Mädchen – glücklich. Sie waren einander und ihrem Vater herzlich zugetan. Der Wald war ihr Spielplatz und die Bibliothek ihr Rückzugsort, wenn sie Ruhe voneinander suchten oder geistige Anregung brauchten. Da es kein Personal gab, verrichteten sie alle anfallenden Arbeiten, ohne irgendeine davon gering zu schätzen. Mit vereinten Kräften gelang es ihnen sogar, dem allgegenwärtigen Verfall Einhalt zu gebieten. Dennoch war die Burg, als der alte Graf starb, wenig mehr als ein verfallener Haufen Steine mit ein paar wenigen bewohnbaren Zimmern darin.

Die beiden jungen Frauen beweinten den Vater und begruben ihn mit eigenen Händen in dem kleinen Obstgarten hinter der Burg, wo sich bereits das Grab ihrer Mutter befand. Der Gedanke, dass die beiden nun wiedervereint, Seite an Seite ruhten, tröstete die Schwestern ein wenig über den Verlust hinweg.

Aber als der Wind in einer der folgenden Nächte besonders schaurig in den Zinnen heulte, stellte Emma trotzdem die bange Frage: »Wer wird uns wohl einst begraben, jetzt, da wir ganz allein sind?«

Eilika ließ die Näharbeit sinken und richtete den Blick auf die gegenüberliegende Wand, als suche sie in den ausgeblichenen Mustern der von Motten zerfressenen Wandteppiche nach einer Antwort. Für eine Weile waren die Klage des Windes und das Knacken der Holzscheite im Kamin die einzigen Geräusche. Erst, als eines davon mit lautem Knacken in einem Funkenregen zerbarst, erwachte sie aus ihrer Erstarrung und antwortete: »Sollten wir nicht unser Leben planen, bevor wir darüber nachdenken, was nach unserem Tod wird? Es wird schwer genug werden.«

»Wie meinst du das?«, fragte Emma.

»Wir mögen arm sein. Vor allem aber haben wir keine Beziehungen«, erwiderte ihre Schwester düster. »Deshalb wird man uns nach Vaters Tod für leichte Beute halten und versuchen, uns auch das wenige zu entreißen, was uns geblieben ist«

Ihre Vorhersage erwies sich als zutreffend. Schon wenige Wochen, nachdem der alte Graf beerdigt war, erinnerten sich die ersten Angehörigen an ihre Verwandten. Ernst wurde es, als ein Brief mit herzoglichem Siegel eintraf. Es stammte vom Enkel eben jenes Widersachers, der ihren Vater beim König verleumdet und um Ehre und Wohlstand gebracht hatte. Dieses Schreiben jedoch war voller Anteilnahme, Galanterie und süßer Worte, in denen der Herzog sein Mitgefühl und seine Anteilnahme aussprach. Er bedauere die Differenzen der Vergangenheit, schrieb er weiter. Er sei geneigt, einen Schlussstrich zu ziehen und strecke die Hand zu Vergebung und Versöhnung aus. Es würde ihn freuen, wenn die edle Eilika, diese Geste erwidernd, seine Hand ergriffe, um seine Ehefrau zu werden. Ihm läge viel an dieser Heirat. Daher werde er alles tun, sie herbeizuführen. Seine Braut könne gewiss sein, dass er sie auch noch als Ehefrau in Ehren halten, ihr Mond und Sterne zu Füßen legen würde.

Nachdem die Schwestern den Brief gelesen hatten, schwiegen sie für geraume Zeit. Friede war verlockend. Der Herzog war reich. Und er war in Eilikas Alter. Alles schien zu passen. Jede wägte die schönen Worte für sich ab und hing ihren eigenen Gedanken nach. Nur ihre Minen zeugten von dem Unbehagen, das sie befallen hatte. Konnte man dem Angebot trauen? Dem Herzog eilte der Ruf voraus, grausam und berechnend zu sein.

»Auf keinen Fall werde ich ihn heiraten«, sagte Eilika schließlich.

»Das bedeutet Krieg«, wandte Emma ein. »Und am Ende wird er dich zwingen.«

»Nicht, wenn ich es verhindern kann«, widersprach ihre Schwester. »Aber ich brauche Zeit.«

Dem jungen Herzog sagte sie das freilich nicht, sondern verfasste einen langen Antwortbrief voller Pathos und höflicher Phrasen. In anmutigen Worten dankte sie ihm für den Antrag und beschrieb wie überaus geehrt sie sich fühle. Allerdings sei ihr Herz durch den kürzlich erlittenen Verlust noch so sehr in Trauer, dass es ihr über die Maßen frivol vorkäme, jetzt eine Entscheidung zu treffen. Sie bitte den Herzog daher inständig, sie nicht zu drängen, sondern das Trauerjahr abzuwarten. Nach Ablauf dieser Frist werde sie ihm Antwort geben – falls er sie dann immer noch wolle, denn selbstverständlich sei er frei, in dieser Zeit weiter auf Brautschau zu gehen.

Bange Tage verstrichen, bevor ein Bote die erlösende Nachricht brachte. Er richtete aus, der junge Graf sei voller Mitgefühl. Die Zartheit der Gefühle seiner künftigen Braut habe ihn zu Tränen gerührt und nichts sei ihm ferner, als sie durch zu stürmisches Werben zusätzlich zu verletzen. Daher erwarte er die Antwort erst in Jahr und Tag.

Tatsächlich sprach derselbe Bote genau ein Jahr und einen Tag später erneut bei den Schwestern vor. In wohlklingende Worte verpackt, richtete er den aus, dass die Geduld des Herzogs jetzt ein Ende habe.

Sein Antrag bestehe weiter und er erwarte unverzüglich ihre Antwort.

Eilika ließ sich die Sorge nicht anmerken, die sie befallen hatte, sondern entgegnete stolz: »Das ist keine Angelegenheit, die man mit Untergebenen bespricht. Du magst deinem Herrn daher ausrichten, dass meine Entscheidung zwar feststeht, ich sie ihm aber persönlich verkünden will. Von Angesicht zu Angesicht. Öffentlich und in einem angemessen festlichen Rahmen, damit niemand sagen kann, es habe irgendeine Form von Zwang oder Heimlichkeit gegeben.«

Mehr sagte sie nicht, und so blieb es dem Boten überlassen, ihre Antwort gefälliger zu formulieren.

Offenkundig machte er seine Sache gut, denn der junge Herzog war bester Laune, als er einen Monat später anreiste.

Die Schwestern hatten ihr Möglichstes gegeben, ihn und die übrigen Gäste würdig zu empfangen. Die Burg war festlich geschmückt. Im großen Saal waren lange Tische für ein Festmahl gedeckt. Sogar Personal war eingestellt worden. Emma und Eilika hatten die letzten Schmuckstücke ihrer Mutter verkauft, um alles bezahlen zu können.

»Glaubst du, der Plan wird aufgehen?«, hatte

Emma bang gefragt.

»Er muss!«, hatte Eilika inbrünstig erwidert. »Er muss einfach.«

»Aber du wirst dann niemals heiraten können.«

»Als ob es mir darauf ankäme! Nein, das Heiraten überlasse ich gerne dir. Ich möchte mich viel lieber um das Land kümmern. Dafür sorgen, dass es wieder blüht und alle, die hier leben, es auch gerne tun.«

Emma hatte sie zweifelnd angesehen, aber geschwiegen. Es war ohnehin zu spät, noch etwas an ihrem Vorhaben zu ändern.

Natürlich hatte es trotzdem nicht gereicht. Die Folgen jahrelanger Armut ließen sich nicht innerhalb weniger Wochen beseitigen. Daher sah man der Burg allem Schmuck zum Trotz die Jahre des Mangels und Verfalls an. Die Tischtücher auf der Festtafel waren zwar strahlend weiß, aber voller Löcher. Die Stühle knarzten und das zinnerne Geschirr, auf dem das Essen serviert wurde, war verbeult und voller Kratzer. Auch die Schwestern wirkten ärmlich gegen das reiche Gepräge der Gäste. Eilika trug ein Kleid, das einst ihrer Mutter gehört hatte. Es war abgetragen, aber immerhin auch aus Seide und nicht geflickt. Ihr einziger Schmuck war ein Blütenkranz um die Stirn. Emma erschien noch schlichter gekleidet und schmucklos.

Der Herzog hingegen prunkte in Samt und glänzender Seide. Eine goldene Schnalle schmückte seinen Gürtel. Auch die Spangen an den Schuhen waren aus Gold, ebenso die Knöpfe, in denen zu allem Überfluss auch noch Brillanten blitzten. Und als sei das nicht Schmuck genug, trug er auch noch einen prächtigen Federhut. Ein schöner, stattlicher Mann von erheblichen Reichtum – für alle Anwesenden war es ganz offensichtlich, warum Eilika seine seine Werbung angenommen hatte. Eher fragte man sich, was ihn bewogen haben mochte, sich eine Braut so weit unterhalb seiner Möglichkeiten zu suchen.

Als der zweite Gang aufgetragen wurde, kam der Moment, auf den alle gewartet hatten: Der Herzog erhob sich von seinem Sitz und bat um einen Moment der Ruhe. Sodann ergriff er Eilikas Hand und zog sie in die Höhe, so dass die junge Frau genötigt war, ebenfalls aufzustehen.

Erwartungsvolle Stille senkte sich über die Gesellschaft. Doch wer eine galante Szene erwartet hatte, sah sich enttäuscht. Der Herzog deutete lediglich einen Handkuss an, bevor er mit fester Stimme erklärte, dass er beabsichtige, die neben ihm Stehende zur Frau zu nehmen. Er schwor, dass er sie in Ehren halten werde und wiederholte auch sonst fast alles, was in seinem ersten Brief gestanden hatte – einschließlich der Sache mit dem Mond und den Sternen. Emma und ein paar der anwesenden Damen seufzten bei diesen Worten – wenn auch aus sehr verschiedenen Gründen.

Eilika hingegen lächelte. »Welche Frau könnte einem solchen Antrag widerstehen?«, fragte sie in die Runde, um gleich hinzuzusetzen, dass sie mit Mond und Sternen leider gar nichts anfangen könne. Sie sei einfach und praktisch veranlagt. Daher könne er ihr seine Liebe auf sehr viel profanerem Weg beweisen. »Wie Ihr seht, lieber Herr, ist unsere Lage überaus prekär. Meine Schwester und ich haben unsere Mittel vollständig ausgeschöpft, um dieses Fest auszurichten. Nun fürchte ich, man wird mich als Lumpenherzogin verspotten, wenn ich in diesem Aufzug mit Euch vor den Altar trete. Daher hätte ich nur eine einzige Bitte: Verschafft mir neue Kleider. Etwas, in dem ich weder mich noch Euch zum Gespött mache. Wollt Ihr mir das erfüllen?«

»Diesen Wunsch erfülle ich gerne«, rief der Herzog lachend. »Was soll es sein? Damast? Seide? Tuche aus Brabant? Was auch immer Ihr begehrt, schöne Eilika: Ich werde es beschaffen!«

»Ein schlichtes Kleid würde schon reichen«,

antwortete sie. »Aber wenn Ihr mir wirklich einen Gefallen tun wollt, dann lasst mir einen Mantel aus der Wolle der wilden Schafe machen, die über mein Land ziehen. Ich fröstele oft, aber ihre Wolle ist so strahlend weiß und wirkt so flauschig, dass es eine Lust sein wird, darin zu versinken. Wenn Ihr mir einen solchen Mantel verschafft, bin ich Euch treu bis ans Ende aller Tage!«

»Mehr nicht? Was für seltsam bescheidene Wünsche Ihr hegt! Aber Ihr habt mein Wort! Sofort nach dem Fest werde ich mit meinen Jägern aufbrechen und nicht eher zurückkehren, bis ich Euren Wunsch erfülle und Euch den Mantel übergeben kann. Sagt mir nur, wo ich diese Schafe finde!«

»Das will ich Euch gerne zeigen«, sagte Eilika und trat an eines der Fenster. »Dort oben. Seht Ihr? Dort ist eine ganze Herde.« Dabei deutete sie hinauf in den blauen Himmel, über den gerade ein paar Schäfchenwolken zogen.

Dem Herzog entrang sich ein Wutschrei, als er erkannte, in welche Falle er gegangen war. Aber da er sein Versprechen in aller Öffentlichkeit gegeben hatte, konnte er keine Rache üben. So blieb ihm nichts, als zähneknirschend abzuziehen.

Erst Jahre später löste er die Verlobung, um eine

Andere zu heiraten. Es scherte Eilika nicht. Sie und Emma lebten glücklich und zufrieden bis an ihr seliges Ende. Doch während Emma tatsächlich irgendwann heiratete und fortzog, blieb Eilika auf der Burg ihrer Eltern wohnen. Sie ging ganz darin auf, das Land zu regieren und in mehr als einem Brief schrieb sie, dass sie froh sei, keinen Mann zu haben, der ihr in alles hineinrede.

Liste der Content Notes

Anker	gegenseitige Hilfe, Freundschaft, Solidarität
Apfel	Heterosexualität
Axt	physische Gewalt
Besen	Unheil, Katastrophen
Dornenranken	psychische Gewalt, Zwang
Kaninchen	Familie
leeres Glas	Tod
Licht/Lampe	Klugheit, List
Löwenzahn	Mut,Widerstand, Resilienz
Mäuse	Armut
Schmetterlinge	Happy End
Obstkorb	Queerness
Rosen	Liebe, Romantik

Eine Bitte in eigener Sache

Wenn Ihnen dieses Buch gefallen hat, legen Sie es nicht einfach beiseite.

Bücher sind für Schriftsteller:innen wie Kinder. Wir lieben sie und verbringen viel Zeit mit ihnen. Trotzdem wird es irgendwann Zeit, loszulassen. Unsere guten Wünsche begleiten sie, wenn wir sie in die Welt entsenden und natürlich hoffen wir, dass sie dort gut aufgenommen werden. Nicht zuletzt leben wir schließlich davon.

Sie können uns Schreibenden daher keinen größeren Gefallen tun, als über die Bücher zu reden, die Ihnen gefallen haben. Erzählen Sie Ihrer Familie und Ihren Freunden davon. Verschenken oder verleihen Sie sie, wann immer möglich. Loben Sie sie in den sozialen Medien oder hinterlassen sie eine Rezension im Online-Shop ihrer bevorzugten Buchhandlung.

Es würde mich freuen, demnächst Ihre Rezension irgendwo zu lesen. Nicht zuletzt helfen Sie dadurch anderen, neue Bücher zu entdecken.

Um mit gutem Beispiel voranzugehen, stelle ich auf den nächsten Seiten ein Buch vor, das Ihnen eventuell ebenfalls gefallen könnten.

Mord im Metropol

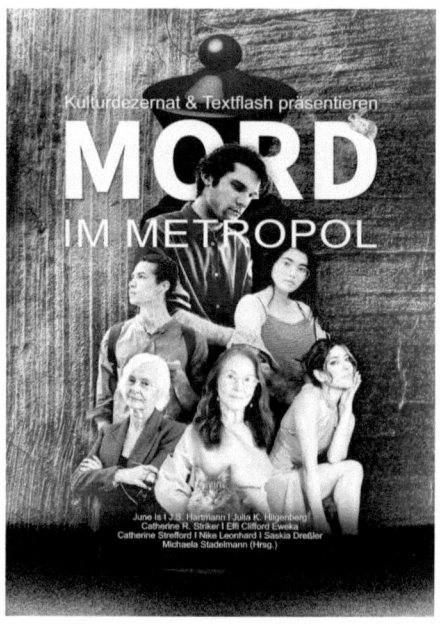

Werden Sie Literaturagent des Kulturdezernats!
Wollen Sie mal richtig in einen Text eintauchen? Nicht nur gemütlich auf dem Sofa, in der einen Hand das Buch, mit der anderen in der Pralinenschachtel?
Bei uns erleben Sie echte Abenteuer!
Schlagen Sie ein Buch auf und betreten Sie die Handlung!
Baden Sie in Ihren literarischen Millionen, jetten Sie um die Welt! Erleben Sie ungeahnte Abenteuer an Orten, die nie ein Mensch zuvor betreten hat! Kämpfen Sie gegen Monster und Budgetkürzungen!

Ein Buch für die Fans von Jasper Fforde und Thursday Next.

Und so fängt es an:

1
Berlin.
Die Stadt der Künste!
Die Stadt der Liebe …

Lennard Seiler klopfte das Herz immer noch bis zum Hals. Diese Nacht würde nicht dem Schlaf gehören, soviel stand fest. Diese Nacht würde, nein, diese Nacht war die Nacht der Nächte! Mit einem Wimpernschlag hatten sich Ungewissheit und Finsternis zu winzigen Glitzerpunkten aufgelöst, bevor sie in den Himmel aufstiegen. Und dort schwebten sie nun und formten ein Gesicht – das Gesicht seiner Muse.

Elvira.

Oh Gott, Lennard war so fürchterlich verliebt wie noch nie in seinem Leben. Ihm war, als hätte ihm jemand etwas in sein verschmiertes Cocktail-Glas gekippt. In einem Moment wähnte er sich verloren an der Theke des Szene-Clubs, in den er sich verirrt hatte, und nippte an seinem Cola-Rum-Drink mit Crushed Ice, garniert mit Sternfrüchten. Und im nächsten hatte sie vor ihm gestanden.

Elvira!

Mit ihren Augen, die glühten wie schwarze Kohlestückchen, hatte sie ihn lachend gemustert und gefragt: „Na? Auch hier?«, als wäre er ein alter Bekannter. Ein sehr guter alter Bekannter, auf dessen Fingern schon bald Elviras warme Hand ruhte, sein Handgelenk streichelte und schließlich hatte sie – als hätte eine überschwängliche Liebesromanautorin zu viele Rosenblätter aufs Manuskript gestreut – ihre Lippen auf seine gedrückt.

Ganz kurz nur.

Und doch so – aaah …

Lennard öffnete die Augen und starrte in die Dunkelheit seines Schlafzimmers. Vorbeifahrende Autos projizierten Scheinwerferemanationen an die schlecht verputzte Zimmerdecke. Schlagartig kippte auch Lennards Gewissen ins Graue. Denn noch vor dem alles verzehrenden Kuss – na ja, eigentlich war es eher ein Küsschen gewesen – hatte die erste Lüge seinen Mund verlassen. Autor sei er, hatte er Elvira vorgeschwindelt, und eigentlich auch nicht, weil er hauptberuflich als Buchhalter seine Brötchen verdiente – aber er schrieb ja wirklich Geschichten. Doch ihr Lächeln ließ die Sätze wie von selbst aus ihm herauspurzeln: Derzeit säße er an einem Krimi – denn Krimis waren männlich – über einen Mord ganz im Stil von Agatha Christie. Zwei verfeindete Schachspieler und eine verruchte Lady mit ihrem nicht minder skandalumwitterten Chauffeur trafen in einem Hotel der Luxusklasse aufeinander. Rockstars und windige Betrüger gaben sich die altmodischen Zimmertürklinken in die Hand, in den Hinterzimmern wurden schmierige Komplotte geschmiedet. Schließlich der Mord, der in die trügerische Sicherheit der Zwischenwelt einbrach und einen besonnenen Kommissar auf den Plan rief. Während er sich ein Detail nach dem anderen aus den Fingern sog, wurde das Geschehen vor Lennards innerem Auge immer plastischer, jedes Detail, sogar einzelne Sequenzen. Nur das große Ganze war ihm noch nicht klar, aber darum ging es in dem Moment nicht. Elvira sollte ihm zuhören, was sie auch bereitwillig tat, seine verzagte Seele streicheln … Aber er hätte nicht sagen sollen, dass man davon ganz gut leben konnte.

Mord im Metropol, Tredition 2023
Softcover 309 S., 11,99; 978-3-347-82558-1
E-Book 5,99; 978-3-347-82559-8